Marseille, porte du Sud

Albert Londres

I. Mes bateaux vont partir

C'est un port, l'un des plus beaux du bord des eaux. Il est illustre sur tous les parallèles. À tout instant du jour et de la nuit, des bateaux labourent pour lui au plus loin des mers. Il est l'un des grands seigneurs du large. Phare français, il balaye de sa lumière les cinq parties de la terre. Il s'appelle le port de Marseille.

Il a plus de cinq kilomètres de long. Il n'en finit pas. Peut-être bien a-t-il six, ou même sept kilomètres. Môle A, Môle B, Môle C. Il va presque jusqu'au milieu de l'alphabet, le port de Marseille... C'est le marché offert par la France aux vendeurs du vaste monde. Les chameaux portant leur faix vers les mahonnes d'au-delà nos mers, sans le savoir, marchent vers lui. Port de Marseille : cour d'honneur d'un imaginaire palais du commerce universel.

Tous les vieux noms connus des hauts barons de la mer sont affichés là, aux frontons de ces môles, comme une courtoise invitation au voyage. La Paquet, la Transat, la Cyprien Fabre, les Chargeurs Réunis, les Transports, les Messageries Maritimes à tête de licorne. La Peninsular. La Nippon Yusen Kaisha. Où voulez-vous aller ? Au Maroc, en Algérie, en Tunisie ? Au Sénégal, en Égypte ? Au Congo, à Madagascar ? En Syrie, à Constantinople ? Au Tonkin ? Aux Indes ? En Australie ? En Chine ? En Amérique du Sud ? Faites votre choix. Ici, on embarque pour toutes les mers, pour la Rouge et la Noire, pour tous les détroits, tous les canaux, tous les golfes. On vous en montrera, des pays ! On vous en fera connaître, des choses insoupçonnées ! Pas un coin, si bien endormi qu'il fût, que nous n'ayons déjà réveillé autour du monde. On part pour tous les océans, l'Atlantique, l'Indien, le Pacifique.

C'est moi, Marseille…

Écoutez, c'est moi, le port de Marseille, qui vous parle. Je suis le plus merveilleux kaléidoscope des côtes. Voici les coupées de mes bateaux. Gravissez-les. Je vous ferai voir toutes les couleurs de la lumière ; comment le soleil se lève et comment il se couche en des endroits lointains. Vous contemplerez de nouveaux signes dans le ciel et de nouveaux fruits sur la terre.

Montez ! Montez ! Je vous emmènerai de race en race. Vous verrez tous les Orients—le proche, le grand, l'extrême.

Je vous montrerai les hommes de différentes peaux, le brun, le noir, le mordoré, le jaune, nus en Afrique, en chemise aux Indes, en robe en Chine, et marchant sur des petits bancs au pays du Soleil-Levant.

Je vous ferai connaître toutes les femmes, celles dont le voile prend au-dessous des yeux, celles au voile blanc, celles au voile noir ; celle au bambou coupant leur front. En kimono, en pagne, drapées ou culottées. Vous sentirez se poser sur vous des regards dont vous n'avez encore nulle idée. Il y en aura de brûlants, de tranchants, d'insistants, de royaux, d'indéchiffrables. Vous verrez des femmes qui, lorsqu'elles marchent, font le bruit d'une vitrine de joaillier qui s'écroule, tellement elles sont, ces créatures, couvertes d'or, d'argent, d'ambre, d'ivoire et de verroteries. Vous en verrez aux cheveux coupés franchement en brosse, d'autres à qui il faut deux jours et l'aide de toute une famille pour préparer une coiffure qu'on ne touche plus pendant un mois. Vous verrez celles qui se tiennent sur des pieds brisés, celles qui s'avancent comme un oiseau sautille, et des esclaves marcher comme des princesses.

Gravissez les coupées de mes bateaux. Je vous conduirai vers toutes les merveilles des hommes et de la nature. Je mène à Fez, aux Pyramides, au Bosphore, à l'Acropole, aux murailles de Jérusalem. Je mène aux temples hindous du Sud au Tadg-Mahall, à Angkor, à la baie d'Along et même jusqu'à Enoshima !

Je vous ferai voir des oiseaux qui plongent et des poissons qui volent. Embarque-toi ! embarque-toi !

Tu arracheras des ananas, tu mangeras des mangues, tu boiras le lait de la noix des cocotiers. Tu verras des arbres en feu, mais qui ne flambent pas, quoiqu'ils s'appellent des flamboyants. Tu verras les champs de thé, les grandes plaines inondées où le riz qui pousse n'est encore qu'un tapis de velours frémissant et vert. Tu verras des arbres alignés à l'infini ainsi que les soldats d'une armée immense. Comme eux ils saignent mais ce n'est que du caoutchouc pour te permettre de rouler en automobile.

Tu verras les vaches à bosse et à tête plate se promener dignement sur les plus beaux trottoirs des plus grandes villes. Tout un peuple les saluera avec respect et tu leur céderas la place devant les étalages, parce que là-bas, elles ne font pas partie de la race animale mais de la race divine et que toi, tu n'es qu'un homme.

Tu apprendras que les singes ne vivent pas derrière des grilles, mais en grande assemblée libre. Ils ne se dérangeront guère quand tu passeras et, la première fois, en les apercevant de loin, tu croiras diriger tes pas vers une tribu d'indigènes.

Si tu es chasseur, tu tueras des lions où il y a du zèbre, des tigres où il y a du chevreuil.

Mes bateaux sifflent. Ils vont lever l'ancre. Monte ! Tu ne peux imaginer ce que je vais encore te dévoiler. Ce sont des miracles. Il s'agit de l'œuvre incroyable, accomplie aux pays chauds par les hommes de la race blanche. Les Anglais, les Français, les Italiens, les Allemands, les Hollandais, les Belges, les Espagnols, viens voir combien ils ont travaillé ! Ils ont été jusqu'à s'attaquer au grand corps de la terre. Ils l'ont transpercé de part en part à trois endroits : à Suez, à Corinthe, à Panama. À cinq jours d'ici, je te montrerai, en plein dans la mer, la statue d'un Français qui a osé cela : Lesseps.

Ils ont brisé les vagues des océans. De rochers torrides, ils ont fait des villes. Les pieds dans l'humus, ils ont déroulé les routes à travers les jungles échevelées. Tu verras les pays où ils ont apporté le chemin de fer. À quoi bon te les décrire avant ? Tu ne croirais pas… Mais tu verras…

Tu verras qu'il n'y a pas qu'un soleil, comme le prétendent les physiciens célestes, mais deux : le bon soleil qui donne le sourire à l'enfant, réjouit le malade, fait chanter les tuiles des toits, les feuilles des arbres, les toilettes des femmes et le cœur des hommes, puis le méchant soleil qui tombe sur l'enfant, le malade, les tuiles, les feuilles, les femmes, les hommes et assomme tout.

Je te ferai sentir la chaleur mortelle ; entendre les vents des déserts ; observer toutes les religions. Peut-être te montrerai-je un typhon. Je suis le port de Marseille. C'est moi qui te parle. Vois mes bateaux qui s'en vont…

J'étais sur ce chemin qui domine le bassin de la Joliette. Le port s'ouvrait devant moi. Quatre bateaux, sortis par la passe opposée, prenaient le large, lentement, vers le Sud.

L'un était couleur terre de Sienne, ses deux cheminées semblaient lui entrer dans le corps. C'est un Anglais, en route pour Bombay.

Le deuxième était tout noir, avec un haut château dominant son avant. Il était français et s'en allait vers Yokohama.

Le troisième était français aussi, mais tout blanc et ses cheminées portaient au sommet une collerette tricolore. Il cinglait vers la Syrie.

Le quatrième était un tout petit torpilleur américain quittant l'Europe, couleurs au vent…

II. Les cent visages du monde

Je ne connais pas les armes de l'écu de Marseille. J'aurais pu me renseigner, je pense même que je l'aurais dû. Être à Marseille uniquement pour écrire sur Marseille et ne pas demander à voir son écu, cela dévoile la légèreté d'une conscience.

Si j'ignore tout de ce blason, je sais, en revanche, de quoi il devrait se composer : d'une porte. Vous pourriez dessiner cette porte sur champ d'azur, si cela devait vous faire plaisir, mais ce ne serait pas indispensable. Les autres couleurs non plus : sinople, orangé, sable, pourpre n'auraient rien d'obligatoire, mais ce qu'il ne faudrait pas oublier, ce seraient les gueules.

En résumé, une porte monumentale, où passeraient, flux et reflux, les cent visages du vaste monde.

Passer ! Le mot convient à la ville. On va à Lyon, à Nice. On «passe» à Marseille.

Les Marseillais l'entendent ainsi. S'ils vous rencontrent une première fois et qu'ils vous supposent débarqué du matin, ils ne vous disent rien. On est en règle avec Marseille. Vous avez même droit à deux ou trois jours de villégiature. À la rigueur, une semaine entière ne fera pas scandale. Au-delà de ce temps, vous comblez la mesure et manquez de tact.

—Et vous êtes toujours au même hôtel ?

On répond oui.

—L'hôtelier ne doit pas être content ?

—Mais je ne crache pas sur les tapis !

—Ce n'est pas cela. Vous empêchez le roulement. Il est vrai que ce n'est pas l'époque des arrivées d'Égypte et d'Algérie. Malgré tout, l'hôtelier est gentil avec vous. Vous pouvez le remercier.

Il y a les sédentaires de Marseille et puis le flot des nomades qui va de la gare au port ou du port à la gare. Si vous ne faites partie ni des sédentaires ni du flot vous n'êtes plus rien. Vous êtes le badaud. Vous gênez la circulation.

On vous bouscule. Le garçon du restaurant finit par ne plus faire attention à votre commande.

Vous hélez un chauffeur de taxi, il vous préfère les «nouveaux». Et le sergent de ville du coin de votre rue, qui ne reconnaît en vous ni un voyageur, ni un locataire à bail, ne vous cache pas, au bout de quinze jours, que vous êtes la cause des doutes qui, visiblement, assaillent son esprit.

Eh bien ! J'ai bravé tant de difficultés. J'ai planté mon poteau au milieu de ce tourbillon et, comme Ulysse attaché à son mât, j'ai pu entendre, sans risquer d'être emporté, siffler toutes les sirènes du grand port.

C'étaient les départs pour la Chine, les arrivées des Indes. Ce jour, on embarquait de la jeunesse en uniforme pour le Maroc et autre Syrie.

C'étaient les émigrants de toutes langues, hagards sous le soleil, les Anglais pour qui Marseille n'est qu'un pont reliant Londres à Bombay.

C'étaient les Italiens. Mais là, il faut s'arrêter. Un jour, pour calmer mon esprit en proie au doute, j'ai dû acheter une géographie et contrôler de mes yeux que Marseille était bien dans un département qui s'appelait les Bouches-du-Rhône. J'ai fermé la géographie. Le lendemain, je l'ouvris de nouveau. Marseille était dans les Bouches-du-Rhône, cependant les Bouches-du-Rhône devaient être en Italie. Eh bien ! non, ce département était en France. Je repris courage et, comme nous étions au matin de cette journée d'expérience, je sonnai la femme de chambre. Elle arriva. C'était une Italienne. « Alors, lui dis-je envoyez-moi le valet. » C'était un Italien. « Faites monter le sommelier ! » Il était italien ! J'empoignai mon chapeau, ma canne, mon pardessus. Je sortis de ma chambre.

J'appelai ascenseur. Le garçon de l'ascenseur lisait Il secolo ! Je brûlai le hall jusqu'à la porte. Là, je m'adressai au portier et j'eus comme un espoir : le portier était anglais ! Me voici rue Noailles. Je vois passer une charmante promeneuse, je lui dis bonjour ! Elle était pressée. Alors, elle me renvoie Arivederchi ! ce qui veut dire : au revoir !… à Rome.

Je veux que vous m'accompagniez au moins jusqu'à midi. Ainsi ne pourrez-vous m'accuser de visions superficielles.

Donc, mes souliers étant douteux, je vais chez le décrotteur : Italien ! Après je flâne dans les rues, histoire de voir le soleil se mirer dans mes vernis, cette fois cirés à glace. Des affiches électorales décorent les murs. Ils sont quatre candidats, je ne sais à quoi. Ces quatre noms se terminent en i ou en o, quelque chose comme Modigliani, D'Annunzio, Mussolini ou Pirandello ! Passons. C'est dimanche, et les églises n'ont pas été édifiées pour les chiens. Entrons dans celle-ci. Il n'y a pas de chaises, les chrétiens sont debout… comme en Italie. Ce ne serait rien, mais le prêtre monte en chaire et que fait-il ? Il prêche en italien ! C'est à se coiffer en pleine chapelle et à commettre un péché mortel. Je le commets. Je pars sans entendre la messe. Je file vers le marché. Justement comme je passais sous l'arche de l'Hôtel de Ville, M. le maire de Marseille sortait de la maison. La rencontre de cet homme éminent fut un éclair dans mon brouillard. J'allais enfin savoir si ce matin j'entendais clair et si, réellement, les cures de Marseille prêchaient en italien !

— Monsieur le maire, je crois être perdu, mais, puisque vous voici, vous ne me refuserez pas une précision. De quelle ville, au fait, êtes-vous maire ?

M. Flaissières me pria de me promener dix minutes en sa compagnie.

— Écoutez, me disait-il, chemin faisant.

— Je n'entends que la langue italienne.

— Eh bien ! maintenant, vous êtes fixé ?

— Cela ne me dit pas de quelle ville vous êtes le premier magistrat.

— Allons, votre esprit est encore lourd ce matin, vous voyez bien que je suis maire de Naples !

Et les Grecs ? Les Grecs sont les hauts barons marseillais. Il en est qui vous vendent des amandes grillées ; cela ne les empêche pas d'être des financiers. Cet Hellène, fils du Pyrée, qui vous propose chaque jour, entre onze heures et midi, des cacahuètes au café-glacier, eh bien ! c'est un gros boursier. Le matin, il travaille à trente centimes le cornet ; l'après-midi, il soutient en Bourse des marchés d'huile de deux cent mille francs. C'est très curieux, mais c'est ainsi ! Toutefois, les Grecs parlent le français. Ce n'est donc pas en vous promenant que vous éprouverez le vertige qui consiste à ne pas se croire en France tout en étant à Marseille. C'est le soir, en rentrant, quand, vidant votre portefeuille, vous en retirez une quinzaine de cartes de visite, résultat des présentations de la journée.

Vous savez ce que c'est. On est au restaurant, au théâtre, à la Bourse, dans la rue, alors la personne charmante qui vous accompagne vous présente à des messieurs de sa connaissance. Selon l'habitude, vous ne comprenez pas le nom de ces nouveaux amis, mais vous échangez des cartes. Et c'est vous qui êtes étonné en vidant, comme je vous l'ai dit, votre portefeuille, le soir en rentrant. Il ne vous manque pas d'argent, non ! Ces messieurs étaient tous d'honorables messieurs, mais, foi de voyageur ! c'est une promenade à Athènes que vous venez de faire et non à Marseille. Toutes ces notabilités de notre grand port s'appellent Talsimoki, Valsiras, Everoff, et deux syllabes : poulo, terminent de parlante manière le nom de toutes les autres.

On a fait, voilà deux ans, une exposition coloniale à Marseille. C'est à se demander jusqu'où, parfois, les pouvoirs publics vont dans l'inutilité. Et les gens qui supposent qu'il n'y a plus d'exposition coloniale à Marseille, je n'irai pas jusqu'à les blâmer, mais je les plaindrai. Voulez-vous voir l'Algérie, le Maroc, la Tunisie ? Donnez-moi le bras. Je vous conduis rue des Chapeliers : voilà les gourbis, les bicots et les mouquères. Voilà le parfum de l'Orient, c'est-à-dire l'odeur d'une vieille chandelle en train de frire dans une poêle. Voilà, pendus aux portes, les moutons aux fesses vieilles et talées. Voilà les sidis rentrant à la casbah après le travail au port. Cédez le trottoir et ne parlez pas aux femmes, cela ferait une bagarre, vous êtes en territoire arabe. Vous êtes à Sfax, à Rabat et dans le ghetto d'Oran. Rien n'y manque. Le réchaud à café turc, le lumignon au plafond et la pénombre malsaine et tentante des villes méditerranéennes. Maintenant, sauvez-vous ; voilà les poux !

Si le gouvernement, comprenant pour une fois les intérêts de la Patrie, me nomme bientôt gouverneur de l'Algérie, je n'irai pas à Alger, je m'installerai rue des Chapeliers. Ce sera aussi bien ; j'économiserai un voyage à la princesse et, mon Dieu ! ma connaissance du pays ne le cédera en rien à celle de mes prédécesseurs…

Et les Sénégalais, les Congolais et autres plus ou moins laids ? Ils sont place Gelu.

Place Gelu, il y a la statue de M. Gelu. Et je vais vous dire pourquoi M. Gelu qui était félibre et orateur, a l'attitude qu'il a place Gelu.

On amena sa statue sur la place. Dès que tomba le voile qui la recouvrait, le félibre, qui était orateur, se mit en devoir de parler. À peine avait-il commencé sa harangue qu'un spectacle imprévu le figea dans ses attitudes. Il croyait s'adresser à des compatriotes, à des blancs ; or, tout autour de lui, Gelu ne voyait que des hommes noirs. Son étonnement fut si profond qu'il en resta comme vous pouvez encore l'admirer aujourd'hui : le bras tendu et la bouche ouverte.

Maintenant, il est dix heures du soi. Le train de Paris vient d'apporter les journaux. Nous les attendons au kiosque, place de la Bourse. Cela fait deux gros tas d'un mètre chacun. Vous préparez votre monnaie et vous allongez le bras.

Le vendeur coupe les ficelles. D'une main habile, il enlève un premier paquet. Ce sont des journaux russes. Au second paquet ! Ce sont tous les Daily d'Angleterre. Vingt mains se tendent. Il sert les clients. Après, c'est le tour des journaux tchécoslovaques. Il les vend. Viennent ensuite les journaux hollandais, puis les allemands, puis les hongrois. On les achète. Voilà les journaux hébraïques.

Alors, d'une voix timide :

— Pourrai-je avoir les journaux français ?

Le vendeur, qui est en plein travail, vous répond :
— Après !… petit impatient ! après !

III. Sur le quai avec les ballots

Port de Marseille ! Carreau des halles des terres lointaines !

Quelle entreprise d'emménagement et déménagement ! C'est une foire aux puces, mais universelle, géante et, de plus, oléagineuse !

Qui dit foire aux puces ne veut d'ailleurs pas dire puces. Il n'y a pas de puces dans les ports, il n'y a que des rats. Maintenant, si les rats ont des puces, ce qui est possible, affaire à eux !

Sans puces, c'est donc une foire aux puces. Un déballage international. C'est la liquidation non plus des stocks américains, mais des bazars, des hangars et des gares de tout l'Orient hagard et bizarre.

Blé, riz, café, tabac, caoutchouc, os d'animaux. Parfaitement ! des os d'animaux. Ah ! ce n'est pas la peine, comme les chameaux, par exemple, d'avoir si noblement, pendant toute sa vie, porté sa tête au-dessus des déserts pour voir ensuite sa carcasse attendre, avec les squelettes des ânes, des chiens et des chacals, en un seul tas, dans la cour du môle D, le camion à deux chevaux d'une usine marseillaise de produits chimiques ! Non, vraiment, ce n'est pas la peine !

Tonneaux de vins, tonneaux de rhum. Ah ! ces quais ! quelle boutique ! Vins d'Algérie, rhum de la Martinique. L'odeur est enchanteresse. Elle attire des connaisseurs. Je n'en demande d'autre preuve que ce sans-travail que je pris longtemps pour un gardien de tonneaux. Ce n'était pas un surveillant, mais un renifleur. Il faisait un grand rêve d'ivrogne !

Du côté des peaux, personne ne renifle. Ce ne sont pas les peaux de bique qui manqueront cet hiver. Si l'on continue de la sorte les pauvres chèvres des pentes de l'Atlas, elles finiront toutes par mourir de froid. Et les peaux de mouton ? … Sans doute, les tailleurs parisiens vont-ils lancer pour les hommes la mode Saint-Jean-Baptiste. Mais à quoi peuvent servir les peaux de chien ?

En vérité, je vous le demande, n'est-il pas scandaleux de voir de vieux chiens crevés se faire ainsi promener la peau à travers la Méditerranée, alors que ce voyage ferait tant de plaisir à des jeunes gens remplis d'avenir ?

En tout cas, cela sentirait beaucoup moins mauvais. Les grues, en les débarquant, auraient bien dû laisser choir ces sales peaux-là dans la mer !

Voici du blé qui arrive droit du centre de la France. On l'expédie à Alexandrie d'Égypte. Mais regardez celui-là qui vient de Roumanie. Il descend des bateaux. On l'entasse. Il doit être pour le centre de la France ? On dit ensuite que le pain est cher ! Pour ceux qui connaissent le prix des voyages, même à fond de cale, le pain est pour rien. Qui expliquera jamais les mystères de la vie économique des nations ?

Ce café vient de Moka. Du moins on le dit. Mais je vais vous ce que l'on dit. On dit que si tout le café qui vient de Moka poussait à Moka, cela se saurait. On sait tout le contraire. Moka est en Arabie, sur la mer Rouge. Le café qui vient de Moka pousse au Brésil ! Suivez-moi bien. Plutôt, suivez ce café. Il pousse au Brésil. On l'embarque sur l'Atlantique Sud. L'Atlantique Nord le berce un moment. Il passe par Gibraltar et, doucement, il s'amène sur la Méditerranée. Marseille ! On le débarque. On va le boire ? Pas si vite. Rentrez vos tasses dans le buffet. On le rembarque. Le voilà qui repart sur la Méditerranée, dans l'autre sens. Il longe les côtes de la Corse, il fend le détroit de Messine. Il se prélasse à l'abri de la Crète. À Port-Saïd, il retrouve sa chaleur natale. On le débarque. Qu'il soit sans crainte : ce n'est pas encore pour le brûler. On le rembarque. Sur un bateau khédivial, il va maintenant descendre jusqu'au bas de la mer Rouge. Lui est toujours blanc. Enfin, Moka !

Après un tel voyage, il a mérité de changer de linge. On le change de sac. Comme il se sent légèrement fatigué, on lui ajoute des grains de moka pour le remonter. Puis on le rembarque. Il est baptisé. Tête haute, il peut revenir à Marseille. Il est revenu. Le voici sur le quai.

Maintenant que je sais tout, ce café-là est sacré pour moi. Si je voyais un chien flairer ces sacs, j'irais tirer les oreilles au chien. En tout cas, ce n'est plus moi qui marchanderai quand je boirai du café-moka !

Coton d'Égypte. Chêne-liège du Maroc. Riz de Saïgon. Olives de Tunisie. Cacahuètes de Pondichéry. Phospates, chaux maigre et chaux grasse. Aloès, coprah, graines de ricin.

J'aime mieux les dattes. D'autant plus que des caisses ont le ventre ouvert et que j'ai un peu faim.

Elles sont très bonnes, ces dattes. D'ailleurs, autant dire que les manger ainsi c'est presque les cueillir sur le dattier. À présent, j'ai soif. Voici du thé qui arrive droit de Ceylan, mais il n'est pas infusé…

Je n'ai pas trouvé seul ce que contenaient ces boîtes : des cheveux ! Ils viennent de la ville des banques, Shanghaï. Avec cela on fait des scourtins. Le scourtin est un tamis dont on use à Marseille dans les fabriques de savon. On passe là-dedans les plus immondes des matières grasses. Tant pis pour les cheveux de Chinois ou Chinoises, mais en frémissant j'ai pensé à vous, ô mes délicieuses compatriotes ! Loin de vos nuques ingrates, que sont devenues les plus ruisselantes chevelures de France ? On en fait peut-être déjà des scourtins ?

Voici quatre éléphants. L'idée ne m'était pas encore venue que les éléphants étaient une vulgaire marchandise. Ils sont là, entravés, entre des caisses de raisin et des boîtes d'ananas. Cette façon d'agir avec les éléphants me paraît un peu légère. J'essaye de m'en expliquer avec une espèce de gardien de quai.

— Qu'est-ce que c'est que ça ? lui dis-je.

Mais il ne comprend rien à ma question.

— Ce sont des éléphants ! me répond le lourdaud.

Il y a des moutons aussi. Ils sont méchants comme des loups. L'un essaye de mordre ma main caressante. Je l'excuse. Au pays qui l'a vu naître, tous les hommes doivent être bouchers. J'ajoute qu'à ce même moment un gouverneur des colonies débarquait. Mon mouton devait le savoir. Or, quand un gouverneur débarque aux colonies, c'est toujours les moutons qui font les frais de la fête ! Je te pardonne, ô mouton, d'avoir été un peu nerveux !

Si les amiraux aiment monter à cheval, ce qui est bien connu, les chevaux, eux, n'aiment pas monter sur les bateaux. Je le regrette. On doit toujours rendre une politesse. Mais le cheval ne le comprend pas… Je constate le fait, une fois de plus, au môle D. On envoie ces chevaux-là en Syrie. C'est cependant un voyage instructif. Ils ne veulent pas s'instruire ! Il leur faut un long discours de talon de botte pour les faire entrer dans la boîte que la grue tout à l'heure soulèvera. Les flancs de l'un deux étaient même complètement sourds à l'éloquence des palefreniers. Le propriétaire dut intervenir lui-même.

— Tu iras comme cela ou à la nage, dit-il à l'animal.

L'animal n'était pas sportif. Il préféra la boîte.

Et voici là-bas une chaîne de montagnes. On l'a également apportée à Marseille. Elle est noire : elle vient de Cardiff. C'est le charbon.

Export ! Import !

Ces deux noms magiques de l'âge moderne flamboient à l'entrée du port de Marseille.

Chauffez, bateaux ! Levez et jetez l'ancre ! On exporte ! On importe !

La vie, le bien-être, le luxe des peuples sont aujourd'hui basés sur le grand jeu de l'échange. Les hommes manquant de sagesse se sont créé tant de besoins que la terre entière suffit à peine à satisfaire leurs exigences. Donne-moi de ce que tu as, tu auras de ce que j'ai. Il me faut du coton, de la soie, je te donnerai du vin, des liqueurs, des étoffes. Apporte-moi du bœuf frigorifié, je t'enverrai de la moutarde. Cède-moi des éléphants, tu auras des parfums. Achète mes charrues et vends-moi ton chêne-liège. À moi le pétrole, à toi la poudre de riz. À moi le charbon, les matières grasses, les cacahuètes. À toi les rails de chemin de fer, les bouteilles de champagne, les produits pharmaceutiques. Voilà des autos, donne-moi du caoutchouc. Je prends tes tapis, mais reçois mes canons. Export ! Import ! Ce qui se boit, ce qui se mange, ce qui se tisse, ce qui brûle, ce qui se transforme, ce qui fait la vie agréable et la mort rapide : échangeons tout et vive le trafic !

IV. On part pour la Chine

C'est tous les deux vendredis que les Messageries Maritimes partent pour la Chine.

Il y a bien les paquebots japonais…

Mais l'individu français ne prend pas la Nippon Yusen Kaisha.

Cet animal de compatriote est en effet un voluptueux. Il éprouve du plaisir à ne pas rompre du coup, avec ses douces habitudes. Ainsi pensera-t'il avec satisfaction que même après avoir quitté les rives du pays, il pourra payer encore des impôts.

Par exemple, il fumera, patriotiquement et fiscalement, du tabac des manufactures de l'État, ces contributions ne seront qu'indirectes, il est vrai. À défaut des autres, cela lui ravigotera le cœur.

Ces vendredis-là, à deux heures, une séance de déménagement vous est donnée gratuitement dans les hôtels de la Cannebière et d'alentour. Dans nos pays, il y a toutes sortes d'écoles où l'on apprend aux contemporains toutes sortes de choses. Il y manque l'école des voyageurs. Personne ne pourrait monter sur un bateau, s'il n'avait satisfait aux examens de cette école, je dis cela pour les dames et à cause des cartons à chapeaux. Le jour du départ pour la Chine, il y a des cartons à chapeaux dans tous les escaliers et sur tous les trottoirs de Marseille. Parce que j'en ai crevé quatre cet après-midi, des dames ont poussé des cris épouvantables et m'ont dit qu'elles me considéraient comme un maladroit. Eh bien ! moi aussi j'ai mon mot à dire. Et je prétends qu'après avoir passé où j'ai passé, j'ai le droit indéniable, n'ayant défoncé que quatre cartons, de me proclamer le plus brillant équilibriste de l'époque !

Enfin, tout cela est jeté dans les omnibus : les chapeaux, les dames, les cartons, l'équilibriste. Il y a aussi les petits chiens chéris – deux mille deux cents francs de traversée pour les petits chiens chéris. Ils payent d'avantage d'un passager de pont. Cela vous donne envie d'avoir un collier ! Et les omnibus démarrent.

J'ai oui dire que le problème de la circulation empêchait souvent de dormir M. le préfet de police de Paris. C'est un souci qui n'empêche pas les autorités marseillaises de ronfler ! Elles ont peut-être raison. Pour la ville, c'est une curiosité. Cela doit attirer des visiteurs. On peut, en effet, se déranger pour voir une chose pareille ! Ni droite, ni gauche. Permission d'enjamber les refuges, d'entamer les trottoirs. La circulation à Marseille est régie par une loi unique : « Toute voiture doit, par tous les moyens, dépasser la voiture qui la précède. » On se croirait au temps des cochers verts et des cochers bleus de Constantinople. C'est une course de chars. Qui arrivera premier et déclenchera l'enthousiasme populaire ? Le camion bouscule la voiture d'un coup d'épaule. Le taxi souffle sur la bicyclette. Le camionneur à trois chevaux se gare du camionneur à essence, mais il saute à la gorge de la calèche de place. Parfois, le gros tramway les met tous d'accord, il les cogne, l'un après l'autre avec sa baladeuse. C'est le grand pugilat des véhicules !

Ô vous qui désirez mourir muni des sacrements de l'Église, n'oubliez pas, à chacune de vos sorties, de prendre un prêtre dans votre auto !

J'ai si peu perdu de vue le départ pour la Chine que c'est le trajet de la Cannebière au cap Pinède que je viens de vous décrire.

Maintenant, nous voici dans le hangar de la longue traversée. C'est un lieu sordide, exaltant et magique. Il n'est plus que de le franchir et l'on est sur le quai, et, contre le quai, chauffent, sifflent déjà, l'André-Lebon, le Paul-Lecat, le Porthos ou le D'Artagnan.

À lui seul, ce hangar est l'Extrême-Orient. On en renifle les arômes. Du moins on les imagine. En tout cas, les parfums concentrés du hangar semblent être venus jusqu'ici dans les cales et sur les ponts des paquebots qui abordent là. Des pinceaux grossiers ont écrit sur les murs les litanies des voyageurs du Sud : Port-Saïd,

Suez, Djibouti, Aden, Colombo, Penang, Singapour…

Priez pour nous !

Saïgon, Hanoï, Hong-Kong, Shanghaï, Yokohama !

Priez pour nous !

Partir confère de la dignité. C'est un acte que l'on n'accomplit pas avec ses allures de tous les jours. On ne sent plus sur ses épaules le poids du quotidien. Au plus profond de soi, chacun perçoit qu'une naissance se déclare.

Et c'est un tohu-bohu de bon ton, une aimable précipitation, un gentil petit fouillis d'hommes, de femmes, d'enfants, de prêtres, de militaires, de marins, de fonctionnaires, d'hurluberlus.

On a présenté sa valise au douanier, on a juré que l'on n'emportait pas l'or de la Banque de France dans le fond de ses malles, ni dans celui de ses goussets. Le hangar exhale de plus en plus les senteurs des ports à venir.

Et l'on atteint le paquebot.

Garçons en tenue de bord qui surveillez l'entrée des échelles, gare à vous ! Vous allez être bousculés. Mais oui, on vous montrera le billet, c'est entendu, mais n'arrêtez pas l'élan des passagers, surtout ne leur demandez pas s'ils sont bien des passagers. Cela se voit, il me semble, cela se voit autant que le ruban neuf d'un nouveau décoré ! Allons, place ! Garçons en tenue de bord, place !

— Ma cabine, où est ma cabine ?

Numéro 78, maître d'hôtel.

— Deux étages au-dessus, coursive bâbord.

Le détenteur du 78 est un débutant au pays des bateaux. Il n'en connaît pas les détours. Il cherche. Il bafouille. Il est perdu !

C'est d'ailleurs l'encombrement. Sur les ponts, aux salons, dans les escaliers, plus d'accompagnateurs que de voyageurs. Les premiers descendront à la cloche, une demi-heure avant le dernier coup de sirène. Et s'ils croient qu'une fois en mer, on pensera encore à eux, c'est qu'ils ont des illusions.

Le 78 a déniché sa cabine. Il fait des yeux tout ronds. Il ne pensait pas que c'était fait comme ça. Et puis, cet inconnu, qui était déjà « chez lui » ! Ce monsieur qui ne le séduit pas va coucher quarante-deux jours à ses côtés ! C'est son compagnon de litière. Quelle sale affaire ! Le 78 se demande pourquoi il n'a pas une cabine pour lui tout seul. Non ? Vous ne vous êtes pas regardé, monsieur 78 ! Les cabines pour « soi tout seul » sont pour plus malins que vous !

Il partira quand même, mais il est défrisé.

Cette petite dame trouve que ça remue déjà.

— Qu'est-ce qui remue ? lui renvoie son mari qui se sent les pieds bien à plat.

— Je te dis que ça remue.

L'homme aux pieds bien à plat hausse les épaules et monte au bar. Je le connais. Il y restera jusqu'à Saïgon.

Officiers, garçons, femmes de chambre qu'à défaut l'on trouvera belles au dixième jour de mer, tous sont devenus des oracles. Les yeux dans les yeux, les clients les interrogent sur le temps. Ils répondent toujours la main sur le cœur. Ce n'est pas signe de mal de mer, mais de franchise.

— Alors, monsieur l'officier, vraiment, monsieur l'officier, vous croyez que l'on pourra danser ce soir ?

— Je le jure, madame.

L'officier ne les trompe pas. La chère créature dansera sûrement. Si ce n'est pas au son du piano, ce sera au souffle du mistral.

L'arche de Noé va s'en aller. Elle emporte le genre humain par échantillons. Il n'en manque pas un. Vous avez un petit bout de tous les pouvoirs constitués, un magistrat, un évêque, la moitié d'un colonel, je veux dire un lieutenant-colonel. Le rayon des « classes » est au complet, de l'ambassadrice à la chanteuse d'outre-mer. Toute la gamme des marchands. Le plus magnifique est celui qui va au Thibet proposer du caraçao aux lamas.

— Ils boivent de l'eau de neige, mon vieux !

Vous n'en vendrez pas un litre de votre liqueur. C'est moi qui vous le dis.

Il me rit au nez.

— Et ils vous ouvriront le ventre.

Il se dirige vers le bar.

— Ils vous pileront la tête dans une écuelle.

— Et moi je vous tirerai les oreilles.

La sirène mugit. C'est à croire que toutes les vaches d'un troupeau ont la queue prise dans un tiroir. Cela veut dire qu'il faut descendre.

Alors, quand je fus à terre, je criai d'en bas au marchand de curaçao :

— Et puis, ils se tailleront des porte-monnaie dans la peau de vos fesses !

Le paquebot décolle.

Au bout du pont des secondes, de jeunes missionnaires à barbe encore folle, et qui ne reviendront pas, regardent une dernière fois la terre de Marseille, tandis que sur le quai des musiciens ambulants en font autant, dans l'espoir d'une pièce de deux sous, en échange d'une rengaine natale, de la part de ceux qui s'en vont...

V. La Canebière

Il est dit dans ce chapitre :

« La Canebière a peut-être bien huit ou neuf maisons. Cependant elle est comme toutes les rues, elle a deux côtés, ce qui peut lui faire seize ou dix-huit maisons. »

Ce n'est pas long…

Marseille, prise au fait, n'en croyait pas ses yeux.

Elle mesura et vit que c'était vrai.

Comment faire ? Marseille débaptisa la rue Noailles qui faisait suite et l'appela aussitôt rue Canebière.

La Canebière compta immédiatement un nombre beaucoup plus respectable de maisons.

Et du coup, le malheureux écrivain passa pour un imposteur…

Ce n'est pas du tout ce que vous croyez.

La Canebière ne donne rien en photographie.

On la met sur carte postale, c'est entendu, et puis après ?

Cela n'a rien appris à personne de voir la Canebière sur carte postale.

Le mieux que pourrait en faire un peintre ne serait qu'un tableau qui n'en vaudrait peut-être pas un autre.

C'est comme si l'on peignait une cour d'assises avec son prévenu, ses juges, ses avocats. Cela ne traduirait pas les passions que soulève une cause populaire.

La Canebière a peut-être huit ou neuf maisons. Cependant elle est comme toutes les rues, elle a deux côtés, ce qui peut lui faire seize ou dix-huit maisons.

Elle ne donne même pas sur le large de la mer, mais sur le vieux port, si vieux, en effet, qu'il n'est plus qu'un beau mort.

Il y a des hommes et des femmes qui sont assis aux terrasses des cafés, d'autres qui vont et viennent. Des automobiles sur le modèle de toutes les autres automobiles, et des chiens qui ne sont même pas des tigres.

Seulement…

Les gens de la Canebière ne ressemblent pas aux promeneurs et aux buveurs des avenues, cours, boulevards et mails des autres chères villes de la chère vieille petite France.

Vous avez remarqué que, lors de certaines fêtes, à l'occasion de courses d'animaux, par exemple, on voit nettement deux sortes d'individus dans les rues : ceux qui portent un carton pendu à la boutonnière et ceux qui n'ont rien à la boutonnière. Les uns sont de la fête, les autres n'en sont pas.

Et cela fait deux humanités très différentes.

Sur la Canebière, il n'y a que des gens qui sont de la fête.

Ils ne portent pas de petits cartons, mais ce n'est là qu'un détail.

En tout cas, presque tous y auraient droit.

S'ils portaient des cartons, ces cartons seraient de deux couleurs : verts et noirs.

Le carton vert désignerait ceux qui embarquent, le carton noir ceux qui débarquent.

Ce serait un défilé non pareil. On y lirait dessus les noms de tout le planisphère terrestre.

Je ne vois pas quel autre spectacle serait plus magnifique.

Ce spectacle est celui de la Canebière.

Il est toujours agréable, quand on ne sait quoi faire, de rencontrer un membre de sa famille.

La Canebière est le foyer des migrateurs.

C'est le rendez-vous de tous les français qui sont connus ailleurs qu'en France.

Si vous avez un compte à régler avec un mauvais Européen qui, sur un point quelconque des grands océans, vous a vendu des poissons chinois qui sont crevés en route, achetez un gourdin, venez vous asseoir sur la Canebière et attendez ; le misérable passera sûrement un jour.

Ils y passent tous.

C'est à croire que les voyageurs ont une religion secrète et que la Canebière est quelque chose dans la religion des voyageurs, comme La Mecque dans la religion des musulmans.

Cela, par exemple, doit leur valoir d'importantes indulgences plénières, de venir une fois tous les cinq ans prendre un vermouth-cassis sur la Canebière !

De toutes façons, ce doit être une raison comme ça.

Autrement, je ne rencontrerais par ici, chaque soir, entre six et sept heures, tous les messieurs et toutes les dames que j'ai connus sous l'autre soleil.

Voici le restaurateur de Djibouti, venu à Marseille acheter du beurre, des œufs à la coque et peut-être même de la glace ! Voici M. Alphonsin qui vend du plaisir dans toute la Syrie.

— Pas une garnison du Liban et de l'Anti-Liban qui n'ait sa petite maison.

Le doigt levé, il ajoute :

— Et toutes dotées d'un piano mécanique !

Voici le marchand de tabac d'Algérie. Il faut n'avoir jamais porté un casque colonial pour ignorer ce phénomène incomparable. Pour mon compte, depuis douze ans que je le rencontre, il me promet un paquet de cigarettes. Il me l'a promis dans les cinq parties du monde.

— Tiens ! je rentre de Perse et je repars pour le Maroc, mais viens ce soir prendre le vermouth-cassis, je te donnerai un paquet de cigarettes !

Il me le doit toujours !

Voici un pilote de la rivière de Saïgon. Il y retourne. Il n'était pas mal en France…

— …Mais, en Cochinchine, vois-tu, mon vieux, on se sent tout de même un peu plus chez soi !

Voici les officiers coloniaux ; celui-là faisait le capitaine à Tien-Tsin, il va faire le commandant à Madagascar. Retour à Brazzaville, cet autre va instruire les cipayes à Pondichéry.

Voici Mouffin. Ah ! Mouffin ! Il n'a pas le temps de s'arrêter ; il est pressé. On l'attend à sa maison, paraît-il.

— Et où est votre maison, Mouffin ?

— Aux Nouvelles-Hébrides, pardi !

Je me suis brouillé avec l'étonnant Railly, qui était mon grand ami, que j'avais plus revu de longtemps, que j'avais quitté, je crois, à Manille ou à Java et qui, depuis quarante-huit heures, regardait sur la Canebière si je ne passais pas.

Il me voit. Il pousse un cri de putois. Je continue mon chemin. Il enjambe les tables, renverse les siphons, me met la main au collet.

— Je t'attendais, me dit-il. Ton verre est servi. Tu repars après-demain avec moi, j'ai une voiture sur le bateau. Tu n'as pas trop vieilli. Mais je ne me trompe pas, tu es bien mon vieil ami Londres ? Oui, c'est tout à fait toi. Ce n'est pas trop tôt. Tu vas écouter mon affaire. Où nous sommes-nous quittés ? Tu te le rappelles, toi ? Je crois que c'est à Bombay. Bref ! Voilà un an, je rentre de ma tournée du Japon. Je débarque ici le 27 janvier. Je me dis : je vais aller voir ma sœur à Châlons. Figure-toi qu'avant, j'ai l'idée de passe à ma maison de commerce. Le patron est là. Le voilà qui me fait des grâces :

« Il y a une affaire formidable à traiter à Madagascar, qu'il me dit.

— Tant mieux, patron.

— Elle est pour vous !

— Merci. »

Je remettais mon chapeau quand il me dit :

« Le bateau part demain, le 28.

— Patron, je viens de m'envoyer la Nouvelle-Zélande, l'Australie, les Philippines, le Japon, l'Inde, la Chine et leur petit-fils l'Indochine. Vous êtes bien gentil, mais je voudrais aller voir ma sœur.

— Où habite-t'elle votre sœur ? me demande-t'il.

— À Châlons.

— C'est trop loin ! Vous n'aurez pas le temps. Qu'est-ce que cela peut vous faire d'aller avant à Madagascar ?

— Entendu, patron, lui dis-je ; j'y vais et je reviens. »

J'arrive à Tananarive – tu sais, la mère Karinan, mon vieux elle est crevée ! –, je fais l'affaire. J'allais revenir voir ma sœur quand la maison me câble de profiter de l'occasion pour faire la tournée diagonale de l'Afrique. C'est prendre la piste Zanzibar pour aboutir à Konakry. Quand je repense à ça, j'ai toujours soif – donne au petit Railly un vermouth-cassis, garçon, pour la diagonale – alors j'ai fait l'Afrique. J'ai repris un « chalut » à Konakry. De Bordeaux, je m'amène ici. Dix-huit mois de mers du Sud, dix chez les négros, cela fait à mon calendrier deux ans et quatre mois. Or je suis ici depuis trente-six heures et je vais me rembarquer sans voir ma sœur. C'est pourquoi je t'emmène. Voilà ce qui se passe. De Beyrouth, on gagne Bagdad. De Bagdad la Perse. Le but est Kaboul. L'Afghanistan, voilà le neuf, voilà l'avenir. C'est cela qui va faire une belle tournée, vieux compagnon !

— Tu parles trop vite, Railly. Pour moi, ce n'est pas possible. Je ne vais pas de ce côté.

— Mais, mon vieux, je te déposerai où tu voudras.

— Je dois prendre un autre bateau.

— J'ai une voiture. Je te mettrai au golfe Persique. Là, tu en prendras des voitures. Ce n'est pas ça qui manque, les « chaluts », dans le golfe Persique. En attendant, tu vas voir comment, au bout de deux ans et quatre mois chez les sauvages, on sait offrir à dîner à ses amis !

C'est le lendemain à midi quarante que je me suis brouillé avec Railly.

La Canebière éclatait de joie sous le soleil. Les « marins » étaient autour de leur table, au café-glacier.

C'est là qu'ils se retrouvent quand ils débarquent. Ce sont des officiers de la marine au long cours. Lorsque l'on se rate seulement d'une heure à cette table de café, la tyrannie de la mer est si grande que cela suffit, parfois, pour que l'on reste un an sans se revoir. C'est comme une espèce de rendez-vous dans la lune. J'étais donc avec mes amis, les marins. Railly entra. Les marins étaient aussi ses amis. Il me dit tout de suite : « Ton sac est fait ? C'est à quatre heures, tu sais. » Je lui demandai d'être sérieux.

— Alors, tu ne viens pas avec moi, dit-il.

J'expliquai aux amis que Railly s'était mis dans la tête de m'emmener en Afghanistan.

— Oui, ou non, viens-tu avec moi ?

Je lui dis qu'il rêvait.

Il s'était assis. Il se leva, serra la main à tout le monde, mais pas à moi.

À la porte, il se retourna.

— Alors, c'est non, fit-il.

— Évidemment !

Il disparut.

On l'attendit une demi-heure, mais il ne reparut pas. Je ne l'ai plus jamais revu.

La Canebière a peut-être bien seize ou dix-huit maisons… Seulement, voilà !

VI. Place de la Joliette

Vers six heures trente du matin vous sentez tout de suite que les trams qui passent ne sont pas faits pour vous. Ce sont les trams bleus.

Ils ne sont pas du même bleu que les trains qui, à Calais, prennent les Anglais pour les conduire sur la côte. Le bleu des trams de Marseille est à l'intérieur des voitures. Il est sur le dos des voyageurs. Ce bleu est celui des habits de toile des ouvriers sans profession, les dockers.

Ils vont place de la Joliette.

C'est une grande place à terre-plein. Un haut immeuble frotté d'architecture la flanque à gauche : la compagnie des Docks. En face, un poste de police. Autour, les sièges des syndicats. Des bars.

Les dockers arrivent. Ils ne vont pas au travail, ils viennent chercher de l'embauche. Alors la place prend son véritable visage. Elle devient une foire aux hommes.

Qu'est-ce qu'un docker ? On vous répondra : « C'est un homme qui charge ou décharge les navires dans les ports. » Eh bien ! celui qui aura fait cette réponse, si exacte qu'elle puisse paraître, ne vous aura rien répondu de bon. Évidemment, un docker est un homme qui coltine des ballots dans les docks. Mais quel est cet homme qui s'est fait docker ? On apprend à être mécanicien, chaudronnier ou maçon. On devient docker. Être mineur, forgeron, ébéniste, c'est avoir un métier. Docker n'en est pas un. On n'est pas ouvrier en étant docker. Si les circonstances l'exigeaient, il me faudrait du temps pour être horloger, couvreur ou vitrier. Le lendemain matin, à sept heures, je serais docker. On rencontre des ouvriers parmi les dockers, ce sont justement des ouvriers sans travail. Un docker est un homme qui travaille durement pour la seule raison qu'il n'a rien à faire.

Mais il faut manger.

D'où viennent-ils ? Ils ont couché à la Belle-de-Mai. C'est le quartier le plus accueillant pour les gens en peine. Mais d'où venaient-ils ? Ce sont des nomades français, arabes, syriens, espagnols, belges, italiens. Que font-ils à Marseille, puisqu'ils n'ont rien à y faire ? Ils y font les dockers !

Vers onze heures trente, la matinée terminée, les dockers repassent place de la Joliette. Ils vont déjeuner. Qu'ont fait ces hommes-là pour sentir aussi mauvais ? On dirait qu'ils ont bu tant d'huile de foie de morue qu'à la fin cette huile ressort par leurs pores. On pourrait assaisonner la salade pour tout un régiment rien qu'en passant leurs vestes bleues. Ils ont coltiné des huiles de poisson.

Ceux-là ne peuvent cacher leur profession, ce sont les charbonniers. On va au charbon quand on ne peut plus, mais plus du tout, faire autre chose. Un charbonnier de quai est moins ouvrier encore qu'un docker. Il est un déchet du port, un débris de la vie. Autrefois, il a été notaire, professeur, quelques-uns auraient dans leur poche des diplômes de baccalauréat ou de licence s'ils avaient encore quelque chose à mettre dans leurs poches.

Il n'y a pas d'Arabes, pas de nègres chez les charbonniers. Ils sont immédiatement après le dernier barreau de l'échelle sociale, c'est-à-dire tout à fait par terre.

Ce sont des Blancs d'Europe : déserteurs espagnols, grecs, enfin de tout ! Des Français. Je n'ai rien su d'eux. Un seul m'a dit quelques mots dans ce souterrain du quai des Anglais où j'allais les voir manger. Un opérateur de cinéma s'acharnait à prendre la scène. Il ne provoquait d'ailleurs l'attention d'aucun des mangeurs. Alors l'homme m'a dit :

— Cela ne signifiera rien s'il ne reproduit pas en même temps sur l'écran notre acte de naissance.

Puis il s'est tu. Il avait des mains fines. Il ne possédait plus rien que l'histoire de sa vie. Je ne pouvais cependant pas lui demander qu'il me l'offrît !

C'est la légion étrangère sociale !

Le soir ils traversent de nouveau la place. Ceux-ci ont brouetté de la chaux. Dur travail ; ils ont toussé souvent depuis ce matin. Ceux-là sont saupoudrés d'une poudre couleur chair, ce sont les porteurs de sacs de blé. Mauvaise, la poussière du blé, surtout dans les cales. Ils ont bu beaucoup. D'autres ont déchargé des tonnes de cacahuètes. Les saletés qu'ils ont dans les cheveux viennent de Pondichéry. Ceux-ci crachent, c'est à cause du salpêtre. Ces autres pleurent, ils ont entassé du soufre. En voilà qui frottent leurs mains sur la bordure du trottoir, pierre ponce municipale ; ils étaient au gambier ! Ces hommes de bronze qui luisent comme des lépreux hindous sortent de la mine de plomb. En voilà qui ont les bras qui « grelottent ». On a envie de leur donner de la quinine, mais ils n'ont pas la malaria, ce ne sont que des hommes de treuil. Et voici les hommes des barils de ciment, ils se secouent. Ces autres surgissent du noir animal. Il en est qui empoisonnent : ils travaillent aux matières périssables. Ces plus vieux qui semblent si fatigués et qui rapportent un léger butin ce sont les chiffonniers de la mer.

Riches de vingt-six francs, tous vont maintenant faire les hommes libres dans le grand Marseille aux bras toujours ouverts.

VII. Émigrants

À la gare de Damas, un matin, j'ai réellement entendu pleurer. C'était un chœur de pleurs. Les « choristes » étaient groupés et, tous ensemble, avec une conscience remarquable, ils pleuraient en mesure.

Le train n'allait qu'à cent trente-quatre kilomètres de là, à Beyrouth.

— Chaque fois qu'un des leurs part pour Beyrouth, tous viennent-ils pleurer ainsi sur le quai ?

On me répondit que ce devait être un émigrant.

Il s'en allait avec une caisse d'oranges. Quand il aura mangé les oranges, la caisse lui servira de valise. Maitenant il n'en a pas besoin. Avant de pouvoir acheter une seconde chemise, celle que l'on a se porte sur le dos.

— Va plutôt au Brésil, c'est meilleur, lui lançait la voix déchirée de son épouse.

Il irait où il pourrait. Sa destinée se jouerait à Marseille.

De partout ils arrivent à Marseille. Le grand caravansérail des temps modernes est ici, rue Fauchier. (C'est bien le nom de cette rue.) Il s'appelle Hôtel des Émigrants. Il n'est pas en Europe bâtiment plus nostalgique. C'est le foyer des hommes sur la branche.

Venez les voir. Ils ne ressemblent pas à tout le monde. La décision qu'ils ont prise les marque. On respire, dans ces couloirs, l'atmosphère des salles de jeux. C'est leur vie qu'ils jettent sur les tapis en criant : « Banco ! » Et ils ne sont pas des aventuriers !

Il y a donc la guerre dans leur pays qu'ils fuient ainsi ?

Oui ! La guerre de la faim.

Les uns désertent les pays trop habités, les autres les terres ingrates.

Ils s'en vont, par la grande route de l'eau, mendier une patrie.

La leur n'était plus capable de les faire manger.

Ils deviendront Argentins ou Brésiliens. Pour l'heure, ils sont encore ce qu'ils sont. Chacun reste dans son coin, même pour peler les pommes de terre.

Il y a des tranches de Polonais, des tranches d'Espagnols, des tranches de tous les autres. Cela fera bientôt un même gâteau, mais bientôt seulement ! La langue commune qui deviendra la leur rassemblera un jour tous ces morceaux. Pour l'instant, si l'on en veut goûter, il faut les manger à part, ils ne sont pas encore de même farine.

Voilà des chrétiens de Mésopotamie. Ils ont fui en famille. On allait les égorger. Je leur demande : « Qui ? » Ils me répondent : « Les autres ! » Où vont-ils ? Ils avaient choisi New-York. On vient leur apprendre que leurs papiers ne sont pas suffisants.

— On vous embarquera pour l'Argentine, leur dit-on.

— C'est bien ! font-ils.

Au premier étage, une chambre d'hommes : douze lits, douze hommes. Ils sont habillés proprement et groupés, assis sur trois lits. Ce sont des Serbes. Ils ont les mains sur leurs genoux. Ils parlent des moissons de chez eux. Ils attendent un départ pour l'Australie. Leur regard est sans éclat et leur maintien timide. Depuis dix-huit jours ils sont comme les voici : raisonnables, patients. Ils descendent manger à la cloche. Ils vont se promener sur le trottoir, rue de la République, et rentrent toujours avant neuf heures. Ce sont des chercheurs d'or.

Émigrant ne veut pas dire bohème. Un émigrant est, au contraire, un froid calculateur. Les uns calculent mieux que d'autres, alors ils reviennent millionnaires. Mais chacun calcule sa petite affaire. D'abord l'individu est économe. On ne devient pas émigrant par coup de tête. Ce n'est pas non plus une vocation. C'est une décision arrêtée depuis longtemps. Il a fallu entasser l'argent des voyages.

Étrange impression ! Le plus pauvre des habitants de cet invraisemblable hôtel de pauvres a, pour le moins, deux mille francs dans sa ceinture.

Tenez, voilà ce jeune Levantin assis dans la cour. Je parie sans peur et cent sous avec vous que, mieux qu'une voyante, je vous dis ce qu'il va faire.

D'abord, il est de Smyrne, d'Alep, ou d'une île de la mer Égée.

— Non ! Je suis d'Homs…

Il est d'Homs. C'est la même chose, c'est en Syrie.

Il a quel âge ? Vingt-trois ans ?…

— Vingt-deux !

Il a économisé son passage piastre à piastre. Il était ?…

— … commis boucher d'agneaux.

C'est honorable. Mais quel bourreau ! Combien de bêlants petits agneaux n'a-t-il pas dû décapiter pour gagner de quoi être émigrant. Il vaut mieux n'y pas songer.

Il va au Brésil, je le jurerais. Des Échelles du Levant, on va toujours au Brésil. Il n'emporte rien qu'un panier. Vous pensez qu'à force de rôder dans la Méditerranée, je connais l'histoire.

— N'est-ce pas, vous emportez un panier ?

— Oui, le panier.

Le panier ! C'est lui qui mieux la chose. Il emporte le panier ! Comme s'il pouvait y avoir deux paniers !… Son hôtel et son bateau payés, quand le Valdivia le débarquera à Rio, il lui restera la valeur de cent francs… et le panier.

Alors commencera pour lui le cycle de l'émigrant du Levant. Il achètera pour vingt francs de marchandises non périssables. La marchandise dans le panier, le panier au bras, il ira dans ces foules nouvelles, faire quarante francs de ses vingt francs. Sa sobriété ne le trahira jamais. Il est donc sûr de son affaire. Du panier il passera à l'échoppe. Il arrivera au vrai magasin avec son nom peint sur la vitre de la porte. À ce moment, quelque parent laissé au pays recevra un chèque de Rio. Ce sera pour acheter un terrain. Un an après, nouveau chèque au parent. Ce sera pour le rez-de-chaussée de la maison. Trois ans plus tard, il enverra le premier étage. Encore trois ans pour le second étage. Enfin un jour un jeudi saint de préférence, à cause sans doute des cloches qui vont à Rome, lui, d'Amérique, expédiera sa toiture !

— Alors, personnage considéré, vous rentrerez au pays.

— Eh oui ! dit le commis boucher d'agneaux, souriant déjà à son beau destin.

Voilà justement un « arrivage ». Ah ! d'où viennent-ils ? De quel rivage ? Est-ce possible d'être si jeunes et de paraître si fatigués ? Ils arrivent en monôme par la rue Fauchier, courbés sous leur fortune qu'ils portent dans un sac. Des enfants suivent, à court de souffle. C'est à croire qu'ils ont fait le chemin à pied depuis le village natal. Ils sont de Géorgie.

Le guide pousse la porte de l'hôtel. Ils entrent sans regarder où ils entrent. Depuis Batoum, ils savaient qu'ils passeraient sous cette porte lointaine et inconnue. Ils la franchissent et ne la regardent même pas. Dans le lot, une belle jeune femme. Elle disputera, comme les autres, la timbale de fer-blanc attachée à la fontaine. Aucun privilège ne fleurit autour de sa beauté.

— Vingt-sept Géorgiens, fait le patron en consultant sa liste.

Et il les compte.

Elle était le numéro 18 !

— La dix-huitième ? Peut-être bien, hôtelier ! mais pas pour longtemps !

— Quel hôtel !

Les uns chantent des mélopées qui vous mettent l'âme en deuil ; c'est à croire qu'ils sont encore sur la Volga en train de haler les chalands. Ce sont les Russes ! Dans ce couloir : Ollé ! ollé ! accordéon ! Enfants de Castille et de Léon ! Au fond de la cour, de grands cris de désolation. Quoi ! Ce sont nos juifs qui, un livre à la main, et se balançant de droite à gauche, ont pris le zinc du comptoir pour le mur des Lamentations. Ils se croient à Jérusalem ! Ils poussent, liturgiquement, de longs gémissements. Dieu me damne si je mens.

Voici des habitués.

Vous allez voir combien drôles sont les habitudes de ces habitués.

Ils sont Roumains. Ce n'est pas cela qui est drôle. C'est ceci : ils viennent de terminer la récolte en Roumanie, et ils vont la faire en Amérique du Sud. Après, ils reviendront couper le blé sur le Danube, puis six mois plus tard, ils repartiront le faucher en Uruguay. Je vous parle des mêmes personnes. L'hôtelier les connaît bien. Depuis quatre ans, elles font le manège.

— Cela les enrichit ?

— Non !

— Alors, messieurs, leur dis-je, pourquoi aller couper du blé si loin ?

— Nous allons vous dire, qu'ils disent. C'est l'habitude dans notre province !

Un départ s'organise. Les voyageurs pour Rio, Santos, Montevideo, Buenos-Aires, en voiture !

Dans le couloir-véranda du premier étage, tout un groupe se lève.

Ceux-là sont pour Haïti. Ils attendent depuis vingt-sept jours. À chaque annonce de départ, ils se lèvent et se mettent en marche.

— Pas vous ! leur crie une fois de plus l'agent de la Compagnie.

Et ils se rassoient comme des chiens vont se coucher.

Un par un, les « bons » défilent par le bureau. Dans le tas, qui dira le futur millionnaire ? Ils partent pour le nouveau monde. Une femme a deux plats en émail sous le bras ; une femme a l'œil poché. Le reste n'a rien…

Ce soir un personnage est rentré dans l'hôtel. Une jeune fille le suivait. Il regardait les murs, le ciment du sol, la rampe de l'escalier. Il disait à la jeune fille :

— Tu te rappelles, Anna ?

Il était très bien habillé.

On voyait qu'il ne venait pas chercher un abri.

— Des souvenirs, alors ? lui demandai-je.

En effet. Il était parti d'ici. Il ne savait alors ni lire, ni écrire. Il avait deux cent vingt-sept francs et une petite fille de sept ans.

— Tu te rappelles, Anna ?

Il était français.

Aujourd'hui, il est argentin. Il a quinze mille têtes de mouton et mille têtes de vaches là-bas !

Il a aussi plus d'un million de pesos.

Il alla à la caisse de l'hôtel et remit deux mille francs au gérant :

— Pour les plus malheureux !

— Voulez-vous donner votre nom ? demanda l'hôtelier.

— Auguste Bardec, dit-il, vous pouvez même l'écrire sur le mur, comme un exemple et un encouragement.

Ils sortirent. Anna avait maintenant dix-sept ans et, lui, son automobile à la porte.

La nuit est venue.

Abdallah apparaît.

Abdallah possède l'art de canaliser le flot des émigrants. Il vient les attendre à la sortie de l'hôtel. Il sait les faire patienter. Ce soir, il a organisé, en leur honneur, une séance de cinéma. Il fait chaud ; justement c'est en plein air. Vingt centimes par personne. On paie d'avance.

Abdallah en tête, les amateurs descendent la rue de la République. Ils prennent la rue Colbert. Les voici cours Belsunce. Ils sont arrivés.

Une société marseillaise de publicité fait de la réclame de rue sur le trottoir de droite. Abdallah place son monde sur le trottoir de gauche.

Sagement, les émigrants suivent les péripéties de l'écran. Ils voient défiler des flacons pharmaceutiques, de beaux paysages de la Côte d'Azur, des pneus increvables, l'adresse du meilleur pédicure.

— Circulez ! fait un agent, inquiet d'un tel rassemblement.

Les malheureux répondent :

— Mais nous avons payé !

VIII. Le grand détatoueur

Un jour, j'ai essayé de vous dire toutes les races des messieurs et des dames que l'on rencontre à Marseille. Ce ne fut qu'un essai. Je m'en rends compte. J'avais entrepris là un travail dépassant mes forces, ma bonne volonté indéniable, ma compétence que j'imaginais plus vaste.

C'était vouloir collectionner des timbres-poste. Quand vous les aurez tous achetés, il en paraîtra de nouveaux.

Ainsi ai-je découvert une peuplade non encore représentée à la Société des Nations. Ses tentes sont au cœur de la ville. Si vous préférez, ayant trouvé le cœur de la ville entre les vieux quais, la Bourse et l'Opéra, les indigènes dont je vous parle se sont répandus autour de lui comme de la crème.

La race de ces individus n'est pas très pure.

Ethnologiquement, on tâtonne sur son origine.

Ces gens parlent des langues différentes et n'ont pas beaucoup de religion.

Jusqu'ici, on n'a pas remarqué qu'ils fussent anthropophages.

Ce sont les tatoués.

Un après-midi qu'il faisait soleil, je ne fus pas sans ressentir de l'étonnement lorsque je vis qu'un antitatoucur hissait son drapeau de combat en pleine forteresse des tatoués.

C'était le missionnaire prêchant les idolâtres.

Son sermon était court et imprimé.

Il l'avait affiché sur l'écorce des arbres de la cité "tatoue". Il disait : « Tatoués, détatouez-vous. Sans repiquer, sans douleur, sans cicatrices. L'inventeur opère lui-même. Je m'appelle d'Aignan d'Aix. Je vous crie la vérité. Venez à mon temple, 49, cours Belsunce. Vos péchés, à prix réduits, vous seront remis. Malgré l'apposition de mes huiles saintes, s'il y a lieu à des retouches, je les ferai gratuitement.

L'apôtre, comme tous les apôtres, prêchait dans le désert.

Se trouvant bien au chaud dans leurs tatouages, les tatoués passaient sans entendre le cri du détatoueur.

Et cet homme, pensais-je, mériterait déjà un autel !

C'est alors que je décidai de me rendre en personne à la maison du bienfaiteur méconnu.

L'homme qui promettait à ses frères d'effacer de leur corps des marques ineffaçables me paraissait être un nouveau messie.

Le numéro 49 du cours Belsunce était bien un hôtel, mais il était meublé.

Je gravis dignement le premier étage, et l'on me proposa tout de suite une chambre pour un moment.

Sans attendre, je fis connaître que mes intentions étaient pures et que je venais seulement voir le grand détatoueur.

On me répondit qu'il était en face, au café, avec son chien.

Il avait, me dit-on, les cheveux blancs, un habit ordinaire, mais son chien était de chasse.

Je descendis l'étroit escalier et, tout en traversant le cours, j'interrogeai le café d'en face.

Je vis tout de suite le chien de chasse, l'habit ordinaire et les blancs cheveux.

M'avançant, je saluai l'évangéliste :

— Monsieur, lui dis-je, c'est bien vous qui luttez contre une religion barbare ?...

— Contre une religion barbare ?

— Je veux parler de la secte des tatoués.

— Oui, fit-il, c'est moi qui détatoue.

Avec sa permission, je m'assis à sa table.

— Qu'avez-vous, me demanda-t-il, un oiseau, un cœur, une bague, une pensée, une ancre, des yeux, des initiales, un serpent, un

Napoléon ?

— Un Napoléon ? Peut-être voulez-vous dire un louis, soit vingt francs ?

— Non, mon ami, pour un Napoléon, surtout s'il tient toute la poitrine, c'est cinq cents francs.

— Il ne s'agit pas d'un Napoléon.

— Une Marianne ? Quelle grandeur ? Dans le dos ou dans le torse ?

— Ni l'un ni l'autre, je ne fais pas de politique.

— Vous avez sans doute un cœur ?

— Évidemment.

— C'est de cinquante à deux cents francs, les cœurs, suivant la dimension.

— Mais je n'ai pas de cœur !

— C'est une pensée ?

— Non, je n'ai jamais eu de pensée. Mais si c'était un serpent ?

— Les serpents vont chercher jusqu'à mille francs. Songer qu'il y a des serpents qui prennent au cou, enroulent deux fois le buste avant d'arriver au nombril et finissent aux doigts de pieds.

— Eh bien ! je n'ai pas de serpent !

— Le refrain de L'Internationale, peut-être ? Avec ou sans musique ?

— Non.

— Je vois, c'est secret.

— Insolent !

— Monsieur, de quoi s'agit-il ?

Ayant écouté mon exposé, le magicien, les bras tendus vers moi, s'exprima de la sorte :

— Soyez béni, noble cœur. Enfin je ne mourrai pas incompris. Vous cherchiez par le monde le grand détatoueur. Alors vous êtes venu jusqu'à cet humble café pour que je vous administre la preuve de mon miracle. Merci. Vous verrez et vous croirez.

— Allons ! fis-je.

— Je suis vieux. En voulant arracher leur secret aux acides mystérieux, j'ai brûlé mes deux yeux bleus. J'ai connu de beaux espoirs et des matinées plus magnifiques encore. De huit heures à douze heures, un jour des temps anciens, j'ai lavé le corps des hommes de tant de taches honteuses que cela fit exactement quatre mille cinq cent quarante-deux francs. L'Autriche-Hongrie…

— Allons, monsieur…

— … me fit offrir officiellement et par deux fois cent mille francs de mon secret. Et cela sur la tête de mes enfants. J'ai eu la foi. J'ai trouvé. J'apporte aux hommes la délivrance. Pourquoi vendre à l'Autriche-Hongrie ce qui revient à l'humanité ? Mais vous voici ; grâce à vous le monde entier va savoir. Je continuerai, hélas ! de poursuivre ma course vers la tombe, mais du moins ce ne sera plus d'un pas désabusé.

— En attendant, monsieur, allons détatouer.

Nous nous levâmes.

Il nous manquait le tatoué.

Ce n'était pas fait pour embarasser l'homme qui tint l'Autriche-Hongrie en échec.

Il dit au garçon d'hôtel d'aller dans le quartier et de lui ramener deux tatoués.

Nous, nous attendions sur le cours Belsunce.

On vit bientôt le garçon qui revenait. Il était suivi de vingt-sept personnes des deux sexes.

Il nous dit que ce n'était pas de sa faute. Il avait seulement crié dans la rue des Fabres : « Le professeur d'Aignan demande deux sujets à détatouer pour rien. »

Il nous expliqua qu'alors il en sortit de toutes les maisons.

Ce fut à nous de choisir.

— Que préférez-vous ? Un ventre ? Un cou ? Une cuisse ? me demande le professeur.

— Je préfère l'aile.

Il emmena un homme et une femme, une cuisse et un bras. Les autres se retirèrent en l'insultant.

Ainsi la populace cracha sur Jésus qui ne voulait que son salut.

Quand on fut dans la chambre meublée, le professeur décadenassa une petite valise. Il l'ouvrit, en retira trois flacon, une spatule en bois, et dit :

— Maintenant, madame, veuillez nous montrer votre cuisse.

La dame obéit. Sur cette cuisse, deux grands yeux nous regardaient.

— C'est un travail, dit-il, qui vaudrait cent vingt francs.

Aussitôt la dame retira sa cuisse, disant qu'elle n'avait pas d'argent.

— D'Aignan n'a qu'une seule parole, fit le professeur qui, de nouveau, s'empara de la cuisse.

Et il se mit au travail.

— J'applique d'abord cet élixir de la bouteille n° 1. Ne craignez rien, madame, aucune souffrance. Permettez-moi de souffler légèrement sur votre cuisse.

— Soufflez, monsieur.

— Je laisse sécher, puis je débouche le flacon n° 2. Que contiennent ces flacons ?… Vous le voyez, du liquide. De quoi ce liquide est-il fait ? De quinze ans de recherches, de mes veilles et la perte de ma vue. Avant moi, on ne détatouait pas, on étalait, on arrachait la chair, on enfonçait la marque. Moi j'aspire le tatouage. Sentez-vous, madame, vos deux yeux monter doucement dans votre cuisse ?

— On frappe à la porte, monsieur, lui dis-je.

— Et je prends le flacon n° 3. C'est en lui qu'est l'accomplissement final du miracle. J'applique. La croûte se forme. Regardez, les deux yeux de madame sont déjà dans ma croûte. Un jour, dans dix jours, cette croûte tombera. De nouveau, ô pécheresse, vous pourrez alors marcher la tête haute ! Remettez votre culotte. L'opération est terminée.

— Entrez !

Une petite femme apparut.

— Avancez, ma fille. Eh bien ! cet « amour pour la vie » est-il parti ?

— Ce matin, dit l'enfant, en battant joyeusement des mains.

— Montrez ! Voici le bras de mademoiselle. Du poignet à l'épaule il est blanc comme du lait. Jadis, ici, je crois, était la tare.

— Je n'ai plus de honte, et je puis m'habiller sans manches. Voici ma sœur, monsieur le savant. Elle doit se marier. Je vous l'amène…

— Montrez.

Au-dessus d'un beau sein gauche, elle avait un bel Henri.

— Comment s'appelle votre fiancé ?

— Bertrand.

— Vous épouserez, mademoiselle, cet honnête homme.

Le professeur me mit un paquet de lettres sur les genoux :

— Lisez, tenez voici un colonel, un amiral, un lord anglais. Lisez, monsieur, ces cris de reconnaissance. Maintenant, je vous demande le secret.

Voici des lettres de plus fortes en plus fortes. De hautes dames me bénissent, monsieur, dans leur château !…

On redescendit sur le cours Belsunce.

— Eh ! père d'Aignan, fit un ouvrier, vous savez, le « zoiseau » que j'avais sur le gosier n'est pas revenu, et je chante quand même. Merci !

Le grand sorcier éleva son regard, m'arrêta d'un geste et dit :

— Je suis celui qui rachète, à prix réduits, les péchés des hommes.

IX. Marins au long cours

Dans un café de la Cannebière, il est trois tables de marbre…

Autour d'elles il en est beaucoup d'autres, mais qui n'ont rien à voir avec cette histoire.

Ces trois tables sont celles des officiers de la marine au long cours.

C'est là qu'ils reviennent quand ils débarquent.

Il y en a qui commencent de naviguer. Il y en a qui continuent. Il y en a qui vont finir. Il y en a qui ont fini.

À eux tous ils représentent toutes les mers, tous les cieux, tous les climats.

Le vaste monde dans une dizaine de soucoupes ! Chaque jour apparaissent de nouvelles figures. Chaque jour d'anciennes figures disparaissent.

C'est le plus singulier des rendez-vous, un rendez-vous avec personne.

On vient y retrouver des amis, mais sans jamais savoir lesquels : ceux que la mer a ramenés.

Parfois on entend demander des nouvelles d'un absent : « Il ne tardera pas à revenir ! » répond-on. Cela signifie qu'il doit être quelque part entre Maurice et Madagascar.

Je viens souvent m'asseoir à ces tables-là. Il n'en est pas de pareilles dans tout le reste de la France. Elles sont les tables du voyage, comme les autres étaient les tables de la loi.

Les hommes qu'elles réunissent vivent exactement le contraire de la vie des autres hommes. Tous ont bien un métier, seulement ils ne l'exercent que lorsqu'ils vont se promener. La promenade terminée, ils n'ont plus rien à faire. Pour travailler, ils se promènent environ trois cents jours par an. Ils se promènent sur une piste circulaire appelée pont et qui rappellerait un vélodrome pour peu que l'on eût pris soin d'en relever les virages. Ce ne sont pas des cyclistes. Ce sont des mécaniciens, des médecins, des intendants, des capitaines. Pendant qu'ils tournent sur cette piste, cette piste tourne autour de la terre. Ils conduisent, ils actionnent, ils soignent, ils ravitaillent, accrochés à une mappemonde atteinte du mouvement perpétuel. Ils voientt trois fois plus d'hiver et d'été que sur le calendrier. Ils arrêtent le ventilateur pour charger le calorifère. Ils jonglent avec les habits de drap, les habits de toile, les fourrures, les casques coloniaux et les bonnets de peaux de lapin. Midi n'est jamais midi à leurs montres. Ils passent leur existence à avancer ou à reculer leurs aiguilles. À Pâques, ils quittent Marseille. Ils naviguent quatorze jours, ils se retrouvent au Pirée. Tous les magasins sont fermés. Ils demandent pourquoi. On leur répond que c'est lundi de Pâques !

Ils ont des quantités d'amis et régulièrement, plusieurs fois l'an, ils vont rendre visite à tous, dans leur quartier : à Alger, à Tunis, à Suez, à Djibouti, à Zanzibar, à la Réunion, à Colombo, à Java, à Sydney, à Nouméa, à Papeete. Et, quand ils les quittent, le soir après le dîner, courant vers le bateau, ils leurs crient : « À bientôt ! »

Songez à l'embarras de la police dans le cas où l'un des ces hommes mourrait dans la rue sans pièce d'identité et un jour qu'il serait en civil. On regarderait le chapeau : il a été acheté à Alexandrie ; la chemise ? elle vient de Mytilène ; le pardessus ? il est de Riga ; le vêtement ? œuvre d'un tailleur de Constantinople… Les chaussures, elles, seraient de Yokohama. L'enquête n'en finirait plus !

Ils vivent dans de jolies petites cellules appelées cabines, mais ils ne sont pas des moines. Ils sont même comme tous les autres hommes. Et je ne sais pourquoi l'idée me vient justement à cette minute de vous conter une histoire que je connais depuis plus de trois ans. Il s'agit d'une espèce d'individus de l'Amérique du Sud. Ces individus ont les nom de « Boschs ». Ce sont des nègres encore tout nus. Leur métier est de remonter en pirogue les fleuves difficiles. Trois ou quatre semaines dure leur voyage. Et tous les soirs, quand le soleil se trouve mal, ils s'arrêtent dans un village, un « degrad », comme on dit là-bas, pour y passer la nuit. Ils ont femme légitime dans chaque degrad. Tout en poursuivant chaque jour leur route et sans jamais revenir en arrière, ils trouvent le moyen de coucher chez eux tous les soirs. Cependant, ils ne se considèrent mariés qu'une seule fois : entre chacune de leurs épouses, il existe le nombre de kilomètre réglementaires. Mes amis les marins vont aussi d'escale en escale. Tous, je l'atteste, ne sont aussi mariés qu'une fois. Il y a la distance réglementaire…

Avec leurs frères de la marine de guerre, ils constituent la dernière caste de notre époque. Le privilège dont ils jouissent est une générosité de l'esprit qui, mieux que la naissance, fait les gentilshommes. Ne vivant pas l'existence furieuse qui, de nos jours, est celle de tous les hommes à terre, ils n'ont que des manières de bonne compagnie. Ils ont dédaigné d'apprendre le jeu de la lutte pour la vie. Sans la comprendre, ils regardent notre bousculade d'égoïstes. Ils seraient encore de ceux qui, dans une panique, n'écraseraient pas le voisin pour être plus sûr de gagner la sortie.

Pour eux, l'année n'est pas divisée en jours, en semaines, en mois, mais en voyages. Le voyage est l'unité de leur temps. Nous, les terriens, nous disons : « Nous ferons cela dans trois semaines. » Eux disent : « Nous le ferons dans deux voyages. » Si le voyage reste toujours l'unité, cette unité n'est pas invariablement de même longueur. Il y a toujours sept jours, pour nous, dans une semaine. Un voyage est tantôt de dix ou de vingt jours, d'un mois et demi ou de trois mois. Avec le relais de Marseille, une année de marins est partagées en vingt-quatre, en douze, en six ou en trois parts.

À bord, les jours n'ayant aucune valeur personnelle, mais seulement celle de faire un total à la fin de la traversée, la vie des marins n'est ni quotidienne, ni hebdomadaire, ni mensuelle. Elle est kilométrique. On dit à terre : tant d'heures. On dit en mer : tant de milles. Nous, gens du sol, nous grignotons chaque jour la même quantité de vie, soit vingt-quatre heures ! Les marins, eux, ne connaissent pas cette mesure : ils mordent dans la vie au hasard de la tranche.

Ils courent de port en port, jetant l'ancre. Ils la remontent et ils se sauvent.

Tantôt sur une ligne, tantôt sur une autre, ils vont pendant trente ans, longeant la terre, comme s'ils étaient chargés de la border pour qu'elle ne s'effiloche pas. Et tous les ports ne semblent être, en fin de compte, que des points d'arrêt dans cet interminable travail que continueront les générations à venir.

Tout est toujours nouveau en mer – ne serait-ce que les passagères. Leur vie courante est justement ce qui fait l'extraordinaire des autres vies. Dans le même voyage, l'homme de terre et l'homme de mer ont deux buts différents. Le but du premier est d'arriver, le but du deuxième est de repartir. La terre nous tire vers le passé, la mer les pousse vers le futur. De la féerie pour quatre murs !

— Salut !

Celui-ci est débarqué du matin. Il est midi. Il vient à ce café, port intérieur de Marseille.

Aux trois tables de marbre, il n'y a plus de place.

Il lève les bras. Il n'a jamais vu tant d'amis.

Il s'assoit.

Ils sont neuf marins au long cours. L'un dit la révolution que Mustapha Kemal a déclenchée contre les vieilles mœurs d'Asie : la chasse aux harems, la guerre aux voiles, la mort du fez.

L'autre donne des nouvelles de la folie chinoise.

Celui-ci fait préparer dans la cale un coin « correct » pour le cercueil de Max Nordeau, le messie juif, dont on transporte les os à Jaffa, au royaume qu'il avait réclamé.

Ce commandant eut un suicide à bord. Un Hollandais, la nuit, s'est jeté à la mer entre Penang et Singapore. « Inutile de prévenir la reine Whilhelmine », avait-il écrit au maître hôtel.

Le plus heureux de ces marins est celui qui vient de terminer son temps de service à la mer. La chance l'a favorisé. Il vient d'être nommé inspecteur de la Compagnie.

— Enfin ! s'écrie-t-il, mon rêve se réalise ; je vais voyager.

— Et qu'avez-vous donc fait, depuis trente ans, commandant ?

— J'ai conduit des voyageurs.

Joyeux, il arrose sa « première » traversée.

L'un de ces hommes se lève. Il serre la main aux camarades ; il leur dit :

— À bientôt !

Et il part… Il part à trois heures pour Buenos-Aires.

X. La « guerre » mystérieuse de l'opium

Il y eut, jadis, en Chine, la guerre de l'opium. Elle se livra à coups de fusils et de canons. Un traité la termina. Du moins l'histoire parle ainsi. L'histoire se trompe. La guerre de l'opium n'a pas cessé. Elle continue sur le champ de bataille de Marseille.

Alors, un jour, je revêtis mon vieil uniforme de correspondant de guerre et je me rendis au grand quartier général des opérations.

Il était place de la Joliette et s'appelait commissariat du port.

Le commissaire était dans le bureau du fond.

— Monsieur le commissaire, lui dis-je, ainsi que vous pouvez le voir à mon uniforme, je suis correspondant de guerre ?

— Vous allez en Syrie ?

— Non, je reste à Marseille. Je viens suivre la guerre de l'opium.

— Eh bien ! vous n'avez pas peur !

— Je n'ai pas peur. De plus, vous pouvez avoir confiance en moi. Je fus accrédité, en d'autres circonstances, aux grands quartiers français, anglais, italien et russe.

Ce sont des références, asseyez-vous.

Et je m'assis.

— Marseille est, en effet, le front de la grande guerre internationale de l'opium, reprit mon commissaire. Seulement, tous vos états de service, auxquels je veux bien croire, ne vous ont nullement préparé au rôle que vous prétendez jouer. Les guerres dont vous parlez ont eu lieu à visage découvert. On savait plus ou moins où trouver l'ennemi. La guerre de l'opium est une guerre de francs-tireurs et d'hommes masqués. Allez donc raccrocher votre uniforme à son clou et si vous avez le téléphone donnez-m'en le numéro. Je vous ferai prévenir pour la prochaine escarmouche. En attendant, au revoir ! continuez d'être sans peur et portez-vous bien !

À cinq jours de là, je reçus l'appel. J'accourus. Le commissaire me mit entre deux messieurs, me souhaita bonne chance. Nous partîmes. On longea le bâtiment des docks. Nous marchions comme trois bourgeois. L'un des messieurs tira sa montre. On allait au cap Pinède.

Un paquebot de la ligne de Chine terminait sa manœuvre d'accostage. Nous, trio d'innocents, nous nous promenâmes le long du bord. Au bout de deux heures et demie, je dis aux deux messieurs : « C'est long ! » Au bout de trois heures et quart, les deux messieurs frémirent des narines. Un inscrit, en vêtement de toile bleue, descendait du paquebot et s'en allait prendre son train afin d'embrasser plus tôt sa famille. Il emportait même sous son bras deux grosses boules de pain pour faire à ses petits enfants de bonnes tartines dans du pain de mer.

— Laissez-nous et suivez, me dirent mes compagnons.

Je suivis. Les deux bourgeois abordèrent l'inscrit. Sans moi le trio se reforma. Il entra au poste de police. J'entrai aussi.

Les deux boules de pain étaient remplies d'opium.

La semaine suivante, nouveau coup de téléphone. Il s'agissait de deux aigles empaillés qui m'attendaient dans un arrière-bureau de la douane. Ces deux oiseaux s'étaient fait pincer le matin en descendant d'un cargo-boat. Le ventre de l'un était déjà vide. On ouvrit le ventre de l'autre, il s'en échappa douze boîtes en fer-blanc. C'était du bon opium de Bénarès. Les aigles, eux, étaient de l'Himalaya.

Un autre jour, j'arrivai trop tard. On ne m'avait pas attendu pour déshabiller deux boys annamites. La scène avait eu lieu dans un entre-pont. Deux boyaux gonflés de la divine marchandise entouraient le corps des petits boys.

Je vis d'autres coups : les cannes creuses, les faux livres, les chaussures avec leur forme, les formes n'étant qu'un récipient. On se souvient encore d'une époque récente où chaque courrier apportait un paralytique ; et les douaniers eux-mêmes s'écartaient pour laisser passer l'opium dans les béquilles. Il y eut aussi la civière ! Le pauvre colonial couché et grelottant, une couverture jusqu'au menton et les poches bourrées de drogue.

Ce ne sont là que des incidents de la guerre.

Il est un généralissime des contrebandiers de l'opium. Tous ceux qui ont voyagé aux pays de la drogue l'ont entendu nommer. On ne sait pas son nom, mais on l'appelle le Père.

Les ports de Changaï, de Hong-Kong, de Saïgon, travaillent pour le père. Riche plus que toute la police de Marseille et des environs, les coups de main de l'adversaire ne le gênent pas. Les boules de pain, les aigles empaillés, les béquilles qu'on lui vole, cela n'est rien, c'est la part du feu. C'est un Chinois. Il est peut-être bien l'homme le plus mystérieux de Marseille. J'ai longtemps cherché le moyen d'approcher le Père.

Un Grec d'Égypte, qui ressemble à un olivier parce qu'il est noueux du corps et chevelu du sommet, et qui est connu dans les bars sous le nom de prince Henri, m'avait d'abord promis son appui.

Il était bien placé, c'était le fondé de pouvoir du Père, le chef d'état-major, si vous voulez.

Ce n'était pas, d'ailleurs, une tout à fait basse crapule. Grâce à un second emploi que, par déférence pour une honorable carrière, je me garderai de préciser, il jouissait d'une incertaine immunité diplomatique. Or le prince Henri n'avait pu me servir.

— Renonce ! Tu serais le préfet des Bouches-du-Rhône que tu n'aurais pas plus de chances.

Je le suppliai.

— Ah ! faisait-il, c'est un grand homme. Il draine la drogue de toute la ligne. Il bat journellement la douane et la police. Il assure le bonheur d'une partie du Bottin mondain. Il commande à une armée de mer et à une armée de terre.

— Prince Henri, tu m'emballes !

— Tu es un ignorant. Avant-hier, il a fait cent dix kilos de rousse (opium) et cent soixante kilos de haschich. Les ventres de perroquet, c'est pour amuser la douane.

— C'étaient des aigles...

— On fait aussi des perroquets… Il est indispensable que la douane ait de petits succès. Il les lui prépare lui-même. Un petit succès de la douane précède toujours un grand coup du Père. Il lave d'avance de tout soupçon les quelques éminents collaborateurs qu'il peut avoir. Mais tu ne le verras pas. Il est chez lui et il ne sort jamais. Il travaille pour son fils.

Peut-être un mois plus tard, le destin me sourit.

Un ami « fumeur » qui venait de débarquer était assis sur la Canebière. Je le rejoignis.

À six heures du soir, il se leva et me donna rendez-vous pour huit heures.

— Où vas-tu ?

Il sourit et dit : « Je vais voir le Père. »

Je m'accrochai à son bras.

— Je lui rapporte des nouvelles de son fils qui est dans une rizerie à Cholon.

— Emmène-moi !

— Si tu veux.

La censure interdisait pendant la guerre que l'on nommât les résidences des quartiers généraux. Je respecterai cette règle. Je ne signalerai pas au service de bombardement où s'élève, plutôt où s'écroule, la maison de l'adversaire.

La voici.

Il ne s'agit pas d'un repaire de bandit. L'homme qui vit là et qui fournit d'opium non seulement la France mais à peu près « tout ce qui fume » en Occident, compte de hautes relations. L'opium n'est pas la coco. Il est vraiment de plusieurs classes au-dessus. La coco est un peu « trottoir ». L'opium est demeuré « salon ». Le trafiquant qui opère dans un vil milieu reste un trafiquant ; s'il sert des hommes qui comptent il devient un fournisseur. Une dignité s'attache à son négoce. Au seuil de cette demeure, je vais jusqu'à sentir de la considération.

Nous avions frappé. La porte s'ouvrit. Et alors je commençai à vivre comme si je lisais dans un roman.

Une vieille face m'apparut.

— Je vous salue, ô Père indispensable, fit mon ami.

C'était le « Père », le roi de la divine drogue, le grand prêtre de la fumée noire pour l'Occident.

Il s'inclina et dit :

— Mon respect précède vos pas.

On entra.

Il était habillé à la chinoise : camisole, robe et pantoufles. Il était tout seul dans la pièce avec une lampe à pétrole. Il nous fit asseoir autour d'une table ronde.

— Moi, je suis l'amitié, fit mon compagnon ; ce visiteur-là – et il me désigna – c'est la curiosité.

Le vieux Chinois éleva une de ses mains et son geste signifiait qu'il s'en moquait totalement.

— Et vous savez, ajouta l'ami, que les curieux présentés par moi n'ont rien des inquisiteurs.

— Le fils est-il grand ? demanda l'hôte.

— Je l'ai vu. J'ai dîné avec lui. Nous sommes allés tous deux au théâtre. Il m'a conduit, ensuite, à l'établissement des chanteuses. Il est grand.

— Il est le flambeau de son père, fit le Chinois comme s'il se réveillait.

— Il veut venir à Marseille. Il dit que, dans son idée, c'est la ville merveilleuse. Il sait que son père est le grand ordonnateur du plaisir pour les mandarins blancs. Il en est fier.

— Lui avez-vous dit qu'il serait riche à l'heure du retour ? Il achètera la rizerie. Le sait-il ? Ces pères religieux français l'ont-ils bien élevé ?

— Il est accompli.

Le « Père », tout en restant assis, s'inclina profondément du buste et de la tête.

— Alors tu ne connaissais pas le Père ? fit mon ami. Regarde-le : c'est notre grand homme. Il a plus de relations que toi !

— Je suis un profane, dis-je. Cependant peu d'étrangers n'ont davantage entendu parler de vous. Depuis des années, je connais le Père. Vous êtes illustre, monsieur, dans tous les ports.

— Je suis l'ami des apaisés…

— Les délégués de la Société des Nations qui s'occupent de la question ont même prononcé, voici quelque temps, votre nom devant moi…

Le Chinois s'inclina plus respectueusement encore que tout à l'heure. Mon ami se leva.

— Au revoir ! fit-il. Je suis en France pour un an. Je compte tous les deux mois votre voyageur. J'habite toujours où vous savez. Ne me laissez pas manquer de marchandise. Le fils est beau et grand !

— Cela est dit comme à lui, fit l'ami des apaisés.

Nous sortîmes.

— Tu crois avoir vu le Père ? demanda mon ami. Ce n'est que son gérant, celui qui fait de la prison quand il le faut.

— Alors et toute ton histoire du fils et de Cholon.

— Tu as entendu : elle a été dite comme à lui…

XI. Le maquis

Le maquis nourrit le troupeau, abrite le gibier et, parfois, les bandits.

Ainsi parlent les plus classiques dictionnaires. Ils parlent bien.

Mais il y a « troupeau », « gibier » et « bandits ». Et, tous les trois, dans notre cas, ne font qu'une même et sale volaille.

Tous les grands ports ont leur maquis.

Le maquis de Marseille est sans pareil.

Il ne s'abrite pas dans un vague faubourg plus ou moins retiré et maritime. Il est installé en plein quartier d'honneur. La Canebière est son boulevard, et il la flanque sans vergogne à droite et à gauche. Il s'étale dans la ville insolemment comme une chaîne d'or sur un gilet rebondi et bien tiré.

Ses repaires sont des bars. Il y a presque autant de bars que de maisons, les maisons qui n'ont pas encore de bars en auront. C'est la dictature du zinc. On nage dans la limonade.

Voilà vingt ans, Marseille fêta le deux mille cinq centième anniversaire de sa fondation. Les maisons du centre datent-elles de cette époque ? Les architectes municipaux affirment que non. Mais les maisons le savent mieux qu'eux. Les plus jeunes avouent entre vingt-quatre et vingt-cinq siècles ! Selon leur tempérament, elles sont restées droites, ou bien ont pris du ventre. Aux paralytiques on donna des béquilles. Depuis le temps qu'elles vivent côte à côte elles sont devenues amies, alors elles se penchent souvent l'une vers l'autre pour se faire des confidences. Les crépissages les plus pieux n'arrivent pas à voiler la vieillesse de leur face. Leur nouveau plâtre s'en va plaque après plaque, comme s'il manquait, pour le retenir, d'une indispensable chaleur intérieure. De même que le vieillard retombe en enfance, elles sont revenues à l'humidité. Et leur visage est quadrillé telle la carapace de l'alligator.

C'est là-dedans que sont ces bars.

Les rues vont à la manière des lignes d'une patte d'oie. On dirait qu'elles veulent toutes aboutir au coin d'un œil. La police prétend que cela ne lui facilite pas beaucoup la tâche. C'est un détail. Celui qui chausserait des bottes d'égoutier pourrait seul s'y promener comme chez lui. Je lui conseillerais toutefois d'ouvrir aussi son parapluie. Souvent une nourriture miraculeuse vous tombe, en effet, des fenêtres dans les bras. C'est un autre détail. Douteux est l'air que l'on y respire. Le « travail » que l'on y fait est invisible. Louches sont les regards que l'on y croise. Le promeneur de ce quartier qui n'a rien à craindre de l'apparition de deux agents en bourgeois se sent tout de suite dépaysé.

On est transporté dans une contrée nouvelle. Les hommes sont en casquette, mais de belles casquettes fraîches et valant cher. Leur linge est fin, leurs habits sont neufs. À ne considérer que les souliers si bien cirés, ces messieurs ne doivent pas marcher. Les uns sont au fond des bars. Ils jouent ou ils parlent. D'autres réfléchissent, adossés au comptoir. Il en est de même qui s'aventurent jusqu'à la bordure du trottoir.

Parfois l'hésitation de vos pas leur fait croire que vous allez entrer dans leurs bars ; ils vous foudroient aussitôt d'un regard si personnel que, d'instinct, vous reprenez votre marche.

C'est la cité des mauvais coups.

La crapule, ici, est sur ses terres.

Comme dans ce monde-là le fumier ne manque pas, les terres sont grasses.

On y fait de tout : préparation aux vols mixtes ou aux vols simples (le vol mixte est celui qui peut être précédé ou suivi d'un assassinat), recel, faux passeports, faux papiers.

Traite des Blanches. Transformation des bijoux. Écoulement de fausse monnaie. Maquillage de pièces d'identité. Vente d'instruments de travail : couteaux, revolvers, poings américains, maillots noirs pour rats d'hôtel, perruques. On y tient aussi bureaux de renseignements, d'embauchage, de débauche et de débauchage. C'est ici que l'on se retrouve pour former équipe et partir travailler ailleurs, au Caire, à Alger, dans le Levant, en Amérique du Sud. Le quartier a même une caisse internationale d'encouragement au crime. Elle sert des viatiques, après renseignements, aux « frères de la côte ». Les chefs de bande viennent y choisir les « hommes de barre ». Il y fonctionne aussi un tribunal. Les procès sont à huit clos et les exécutions à l'air libre.

Il y a une espèce d'école du soir pour malfaiteurs scientifiques. Briser les glaces, faire sauter les serrures, ouvrir ou percer un coffre-fort, cela s'apprend. Lire un plan d'appartement, de paquebot, couper le téléphone, marcher sans bruit, se méfier des chiens, se maquiller, ne pas se vanter, se ménager l'alibi, tenir son moral à la hauteur. Le programme est chargé !

Grand port, Marseille a une grande plaie. C'est régulier. Le rêve de tout malfaiteur international est de devenir patron de bar à Marseille. Il faut voir ceux qui sont en place. C'est un inoubliable spectacle : leurs mains, leur tête, leur voix leurs gestes, leur femme. Ah ! bistrots sympathiques et sans malice des incalculables comptoirs de France, vous avez là de jolis confrères ! Ils sont enfermés derrière leur zinc comme dans le box d'une cour d'assises. Seuls les gendarmes manquent. Il serait difficile d'imaginer plus triomphante canaille. Ils viendraient d'être primés au concours agricole, comme animaux gras, qu'ils ne paraîtraient pas plus conscients de leur valeur. Ils ont un domicile légal, payent l'impôt et, comme ils ne peuvent voter, ils font voter. Sans eux, ce maquis n'existerait pas. Leurs bars en sont les sous-bois mystérieux. Ce sont les maisons-mères de tous les acolytes de la brigade mobile de la pègre. On les accueille, on les cache, on les nourrit, on les conseille, on les dirige, on les sauve. Cela à la grande lumière des ampoules électriques, de plain-pied avec le trottoir, au centre de la ville promise.

S'ils sont les protecteurs de la clique, ils en sont aussi les prisonniers. « L'ancien » a pu réussir, c'est un droit qu'on lui reconnaît, mais il doit rester fidèle à sa caste. Il est là pour servir des verres et non la police. Aussi, malgré des yeux clairs et un tympan bien tendu, sont-ils tous sourds et aveugles.

À moins de rechercher du bonheur, c'est-à-dire de se promener sans regarder où l'on pose le pied, il est impossible de traverser ce quartier sans subir le malaise de son atmosphère. Elle est celle des bas complots, des pièges. On sent ici que la paresse est élevée à la dignité d'une revendication. On n'y voit que des âmes tarées qui pourrissent. Ce n'est pas de la misère, mais de l'insolence. Il ne s'agit pas d'hommes en peine, pataugeant dans la malchance. Toute cette visqueuse crapule est bien nourrie, bien rasée, bien fringuée. Ça joue les suppléments aux dés ou aux cartes !

Marchands de femmes, guides de nuit, extra pour étrangères, laveurs de bijoux, compères de poker, pickpockets, pieds-de-biche, hommes du milieu, dompteurs de filles et détrousseurs d'ivrognes, tremblants indicateurs et prospères morveux, cela croit exercer un métier ! Entre eux, ils s'appelent « collègues », ces oiseaux-là !

Quand, non poussé par la soif, vous entrez délibérément dans l'un de ces brillants assommoirs et qu'après avoir choisi une table, vous vous y laissez choir comme chez vous, les pieds allongés, les mains aux poches du pantalon et l'œil bien décidé à vous reposer là d'une longues course inconnue, aussitôt vous voyez du nouveau. La fripouille passe et repasse devant vous reniflant et réfléchissant. Elle regarde vos souliers, elle compte les boutons de votre gilet, les petits pois de votre cravate. L'un deux se fouilla. J'ai cru qu'il allait sortir un centimètre pour mesurer la longueur exacte de mon nez. Une présence si inattendue leur coud la bouche. L'inspection terminée, ils regagnent la pièce de derrière, leur niche de chien. Là ils appellent le patron. On devine qu'ils lui demandent : « Quel est ce mec-là ? », car on voit le dignitaire de l'endroit, celui qui paye l'impôt – je paye l'impôt, cher monsieur, moi, m'ont-ils tous dit sans d'ailleurs que je le leur demande –hausser les épaules en signe d'ignorance.

Le patron retourne à son zinc à côté de son revolver, de son poing américain et de son casse-tête, et les autres, comme des chiens qu'ils sont, grognent sourdement au fond de leur niche.

Un après-midi, j'ai fait la paire avec un commissaire du port. Nous sommes partis tous les deux dans ce labyrinthe marseillais. Ce commissaire frétillait. Il était comme un pêcheur devant une rivière miraculeuse où les poissons attendent impatiemment l'amorce pour sauter dessus.

— Respirez cet aire, me disait-il. Il prend à la gorge, hein ! Il véhicule les microbes de toutes les mauvaises combines. Voyez le décor. Humez les personnages. C'est le plus beau champ pour grandes manœuvres policières. C'est large, c'est franc, c'est clair.

— Vous rêvez ! c'est étroit, c'est sournois, c'est obscur.

— C'est ce que je veux dire. Sur cent de ces bars, soixante-quinze sont des repaires. Tenez ! ceux-ci.

— Fermez-les !

— Ce serait un crime !

— Enfin, de quoi vivent ces messieurs ? Ils embarquent les femmes, ils les internent, ils troquent le produit des vols…

— Et ils finissent par devenir propriétaires !

— Alors ?

— Mais cela est notre bien ! Patrons, patronnes, clients, clientes, jusqu'aux chiens que bien souvent nous n'avons qu'à suivre. C'est la pâte de notre pain quotidien. Il ne nous reste qu'à pétrir là-dedans. Nous n'allons tout de même pas démolir le fournil !

— Il est beau !

Mon commissaire fut vexé dans son orgueil professionnel. Il se redressa et dit :

— Ne vous y trompez pas, vous ne verrez cela qu'à Marseille !

XII. Épaves

Ce sont celles qu'apporte la mer.

Elles ne proviennent d'aucun objet manufacturé. Ce sont des épaves humaines.

Elles sont à Marseille uniquement parce que Marseille est un port et que tout ce qui est ballotté finit par aborder là.

On ne sait pas tout de la misère, tant que la misère possède encore un domicile. Mais lorsque la mer elle-même s'en débarasse pour la rejeter sur un quai, on est à peu près certain d'en faire le tour.

Marseille est une ville heureuse où passent beaucoup de malheureux. Il y a de pauvres Arabes, de pauvres nègres, de pauvres Blancs.

— C'est li faute du bateau ! Li bateau m'a apporté là, et là rien y manger, rien y dormir, rien y travailler. Tout de suite créver !

— Pourquoi es-tu venu à Marseille ?

— À cause beaucoup belles histoires sur le Marseille. Beaucoup magnifiques, beaucoup mensonges.

Le mirage !

Il y a aussi l'occasion. Un courrier de haute mer est une image complète du monde. Dans son château : les cabines de luxe ; dans ses profondeurs : la chambre de chauffe. Pour le même voyage, les uns dépensent une fortune, les autres gagnent quelques francs. Passagers et charbonniers ! Ils débarquent ensemble.

Ces deux lamentables nègres, si dépaysés sur ce banc de la place Gelu, on les a embauchés à Djibouti. Ils ont « poussé » le paquebot jusque-là. Au port, le paquebot les a laissés « tomber ». Un autre les rapatriera. Mais quand ? Ils auraient déjà pu repartir, seulement on les voulait jusqu'à Madagascar.

L'idée de passer et de repasser devant Djibouti sans y descendre déclenchait une tornade dans leur cerveau. Ils se sentaient comme attachés sur une espèce de trottoir roulant qui les emmènerait toujours et ne les ramènerait jamais.

Derrière la Bourse, à la lisière de ce vieux quartier dont les maisons vacillent chaque fois qu'en face, au Grand Théâtre, une basse chante un peu fort, tous les après-midi, les épaves attendent le bon vent. Les hommes soigneux réparent leurs habits ingrats. D'autres, leurs chaussures à la main, frappent à coups de caillou sur les semelles pour leur apprendre ce qu'il en coûte de vouloir, sans prévenir, filer ainsi loin de l'empeigne. C'est dehors et chacun chez soi. Ils reçoivent des visites !

— Assis-toi donc ! dit l'un deux, en montrant une place sur le bitume à son ami qui vient le voir.

L'enclos Milliard

Il y a l'enclos Milliard, appelé aussi Californie. Milliard : mille millions ! Californie : mines d'or et d'argent. Vous voyez où je vous emmène ? C'est la plus pouilleuse des pouillerises. Elle prend d'ailleurs rue Camille-Pelletan.

À l'entrée de l'enclos Milliard, vous devez réfléchir. On peut préférer une chose à l'autre. C'est du moins ce que finit par me dire le prospecteur qui m'accompagnait. Il s'arrêta devant une borne. De sa poche, il sortit un petit soufflet. Consciencieusement, il saupoudra ses souliers, son pantalon, son gilet, sa veste. Il prit son chapeau à la main et le sucra aussi. Il remit son petit soufflet dans sa profonde et me dit : « Allons ! »

— Eh bien ! et moi ?

— Vous, il faut réfléchir… L'autre semaine, j'ai accompagné un sénateur. À ce même endroit, j'ai sorti mon soufflet et j'ai saupoudré ses vêtements.

— Alors, monsieur, dans votre pays, pour avoir le droit d'éviter les poux, il faut être sénateur ?

— Ce n'est pas cela. Le sénateur se fâcha. Il prit mon geste pour une moquerie à l'égard de la municipalité. Ce n'est pas une moquerie, c'est un ordre de ma femme. Je sers toujours de guide dans l'enclos Milliard. Ma femme en a assez que je lui rapporte des poux ! Maintenant, libre à vous. En voulez-vous ?

— Des poux ?

— De la poudre.

— Est-ce que cela coûte cher ?

— Oh ! monsieur, je saupoudre gracieusement.

— Alors, mettez-m'en partout.

L'enclos Milliard tient de la case nègre et du « compartiment » annamite, mais c'est beaucoup mieux, c'est inédit. C'est trois rues qui forment une espèce d'H crochu et bancal. Les bicoques ressemblent si bien à des voitures de romanichels que, d'instinct, vos yeux cherchent les brancards et le cheval. Vous ne trouvez que le crottin ! Les portes et les murs ont l'air d'être en goguette. On ne sait pas si la porte soutient le mur ou si le mur cherche à écraser la porte. Ce n'est là que la façade. J'aime aussi les intérieurs. Pas de lits : des puciers. Le pain est sur le pucier, l'oreiller est sur la table, la cuvette est sur le fourneau, le rata est dans la cuvette et les locataires sont dans les loques.

Pourquoi ?

C'est la Californie. Toutes les Espagnes s'y ruent !

On apporte des oranges à Marseille. On est chassé de Barcelone comme anarchiste. Abdel-Krim vous dégoûtait, alors on désertait. Ainsi devient-on citoyen flottant de la cité Milliard.

Le camp russe est plus haut, à côté de la gare. En le logeant à côté de la gare, les autorités avaient pensé que les Russes auraient un jour l'envie de s'en aller. Des épaves peuvent remonter jusqu'à la côte ; quand elles y vont, elles n'ont plus le courage de repartir.

Décrire ? À quoi bon ? Rien que de la misère prolongée. Parfois, le soir, une femme encore jolie en sort. Elle ne revient plus. Les autres disent : « Elle était de si bonne famille… »

Mais, parole d'honneur, je vous volerais un spectacle si je ne vous conduisais trois kilomètres plus haut. Il fait chaud ? Je ne suis pas avare et j'aime vos aises, nous irons en taxi. C'est au camp Odo.

L'Arménien, dit-on, est un habitant de l'Arménie.

J'avais appris cela dans le temps. Et je l'avais cru. Quand on est jeune, on n'a rien vu, alors les grandes personnes en profitent pour vous tromper. Eh bien ! je ne suis pas fâché d'avoir vécu jusqu'à ce jour pour constater à quel point mes éducateurs étaient allés dans la fantaisie. L'Arménien est un habitant de Marseille, ni plus ni moins.

Et le camp Odo est son coin dans le royaume des épaves.

Ce camp représente les vieux bouchons, les ronds de citrons, les oranges mal mangées et les poignées de cheveux qui flottent d'ordinaire allègrement au long du quai.

On ne voudrait pas y tomber pour un empire.

Il faut pourtant que je vous y mène. Échappés de Smyrne, de Constantinople, de Batoum, d'Adana, des Arméniens, toujours des Arméniens, encore des Arméniens, débarquèrent et débarquèrent à Marseille. Ils se formèrent d'abord en rangs serrés et s'en allèrent à la conquête des vieux quartiers. Puis ils marchèrent à l'assaut de la banlieue. Seulement, ils réfléchirent. Ils revinrent dans la ville. L'Arménien est une plante qui ne pousse qu'entre les pavés d'une cité. Le grand air ne lui vaut rien. Ça l'enrhume. Alors les Arméniens s'emparèrent des squares, des allées, des places publiques et des montées d'escaliers. Quand tout cela fut occupé, il arriva encore deux mille sept cents Arméniens. Ils fouillèrent la ville. Plus rien n'était libre, ni un banc, ni une bordure de trottoir, ni même un bassin, dont il est si facile de faire une demeure quand on en a chassé les eaux. Les deux mille sept cents Arméniens commencèrent à se fâcher. Heureusement, la municipalité comprit que l'heure était venue pour elle d'engager des négociations. Elle se présenta.

— Étrangers, dit-elle, salut à vous ! J'ai là tout près un grand terrain.

— Allons le voir ! répondirent les Arméniens.

Le régiment se mit en marche. On arriva au camp Odo. Une douzaine de vieilles baraques, anciennement militaires, s'offrirent à la vue des fils d'Asie.

— Ça va ! firent-ils. Maintenant, laissez-nous.

De cela, il y a trois ans.

On les a bien laissés !

Ils sont par deux cents dans ces baraques.

Un chiffon sépare, seul, le box de chaque famille.

On y dort, la tête chez le locataire de droite, les pieds chez le locataire de gauche. On couche avec la fille du voisin, croyant coucher avec sa femme.

— Oh ! là... Marseille, je te préviens, tu les as oubliés, mais ils seront le double bientôt, si tu les laisses faire — encore que je ne compte pas les jumeaux !... Il est vrai que le choléra n'est peut-être pas très loin !

XIII. L'envers du port

À la rigueur, un port pourrait peut-être se passer de bateaux, mais je ne le vois pas du tout sans pianos mécaniques.

Ils sont derrière la mairie.

C'est là où tous les hommes de l'intérieur des navires viennent entendre de la musique.

Marins, chauffeurs, soutiers, mazoutiers, hommes de ponts ou de cales, cambusiers, marmitons, des Blancs, des Noirs, des teintés, des jaunes, Français, Italiens, Grecs, Espagnols, Anglais, Hollandais, Roumains, Arabes, Éthiopiens, Malgachs et Sénégalais, Chinois et Annamites, Hindous et Javanais, Norvégiens et inconnus, tel est notre peuple.

Il a l'air, comme cela, d'être très mélangé. Ce n'est qu'un air.

Il parle vingt langues ; il ne s'habille pas de la même façon ; il a toutes sortes de monnaies. Chacun a sa religion. Les quatre points cardinaux l'ont vu naître. Ce que l'un mange dégoûte l'autre. Le même signe signifie « oui » pour le premier « non » pour le second. Toutes les dégaines, toutes les caboches. On lui a abandonné ce coin du vieux Marseille ; c'est son jardin public.

Quand je dis jardin, je me moque du monde. C'est un lieu labyrinthonesque qui tient surtout de l'égout.

Ces lieux-là doivent être indispensables à la bonne marche de la marine. À vivre trop souvent entre le ciel et l'eau, dans la pureté de la nature, les hommes finiraient sans doute par se croire je ne sais quoi de supérieur. Il est donc bon, dès qu'ils sont à terre, qu'une voix et qu'une main les rappellent à la réalité. La voix en déclarant :

« Souviens-toi que tu n'es qu'un homme », et la main en les tirant par la manche.

Maintenant, ce que je vous là n'est qu'une idée tout à fait personnelle. Je n'ai rien trouvé de semblable dans les lettres fondamentales de la marine marchande ni même de la marine de guerre.

Enfin, c'est une définition qui peut se défendre.

Quand le jour s'éteint, on sent toujours plus de mystère dans un port que dans une ville de la terre.

Dans les petites villes, la nuit est le signal du repos. Elle est le commencement d'une vie nouvelle dans les grandes villes. Dans les ports, la nuit prend un air de complicité.

Que peut-elle être dans ce vieux coin du vieux Marseille ?

Je vous ai présenté le peuple. Vous avez vu qu'il était assez homogène… Il vient ici, vous le savez, pour entendre de la musique. C'est une musique de chevaux de bois. Je me trompe. On aurait pu dire ainsi jadis. Aujourd'hui, les chevaux de bois étant généralement remplacés par des vaches, la musique de ce quartier est une musique de vaches de bois. Il en sort de toutes les maisons. Elle dit des airs anglais, français, italiens, espagnols, ces airs qui roulent la terre, ces airs qui endorment pour un moment, comme une piqûre de morphine, le mal des voyageurs, aux pays qui ne sont pas les leurs. Cette nourriture est si indispensable que son prix n'a même pas suivi celui du pain. Pour deux sous, on peut encore avoir un bon morceau d'orgue de Barbarie ou de piano mécanique. Comme ces orgues et ces pianos habitent tous des maison mitoyennes et que par dizaines, ils jouent ensemble, cela ressemble un peu à la rencontre de vingt fanfares, un jours de concours, dans une avenue de la Gare.

Lampions, lanternes. Qu'est-ce que ces maisons-là peuvent chercher dans le quartier avec leur lanterne ? En tout cas, c'est décoratif. Aux murs des comptoirs, les étagères à liqueurs rappellent le buffet d'un orgue dont on aurait peint les tuyaux. L'orgue de l'ivresse.

Il y a une rue principale et de chaque côté des tentacules. Quelles odeurs ! Ô mon odorat ! J'ai amené un chimiste, un jours, jusqu'ici, un chimiste des plus savant. Je l'avais d'abord mis au milieu de la rue principale. Il n'y put demeurer. Les vestales de tous les lampions venaient lui voler son chapeau, sa canne, son mouchoir. On le tirait par les quatres membres. On me l'eût écartelé. Je le transportai dans une impasse plus discrète. Là, je le suppliai de prendre son temps, de renifler en conscience et de me dire de quoi étaient faites les odeurs de ce quartier. Je le laissai. Vingt minutes après, je revenais. Mon chimiste n'y était plus. Je trouvai, à sa place, des curieux et un sergent de ville. Ils me dirent que le chimiste était à présent à cinq minutes d'ici, dans une pharmacie, où l'on venait de la porter.

— Eh ! fis-je, pourquoi avoir porté mon chimiste chez le pharmacien, puisque, moi, je l'avais mis ici ?

— Pour rien, répondit l'agent, ne vous troublez pas, il n'avait que perdu connaissance.

Quant aux odeurs du quartier, elles restent encore à définir.

C'est là où le peuple des mers vient se remonter le cœur. Il se promène lentement dans l'immense boîte à musique. Il passe, il repasse, il s'assoit, il boit, il pense, il regarde, il choisit, il s'offre la femme qui lui plaît. Il se délasse du bateau, des longues traversées, de la vie entre hommes. Où peut-il aller avec les habits qu'il a ? Ici.

Ici, c'est chez lui. Tout lui parle de sa vie. On sait quelques mots de sa langue. Les cartes postales contre les glaces sont comme lui : elles viennent de loin. Un nègre pousse parfois un cri d'amour en reconnaissant dans l'une de ces images les palmiers de sa ville natale.

On va par petites groupes, mais par groupes de race et de nationalité. À l'étranger, tout le monde devient nationaliste. Question de parler, question de sentir, question de rêver. Au contact, l'internationalisme perd de sa force d'idée. Politiquement, ce peuple de travailleurs est internationaliste : sentimentalement, il penche encore vers les siens. Chinois avec Chinois, Sénégalais avec Sénégalais, Hollandais avec Hollandais, ils vont entre soi. Ils se coudoient, mais ne se mélangent pas. Ils restent comme ils se sentent le mieux.

Cela n'est pas une observation. Elle vient de loin. Dans tous les ports du monde où j'ai rôdé, j'ai vu la chose. Loin de son pays, le pays surgit.

Et les gens rêvent !

Cela doit faire une étonnante somme de rêves que tous les rêves qui se poursuivent ici.

Ces Annamites, en pleine lumière, assis dans ce bastringue à filles, les mains sagement posées sur leurs genoux, le verre vide sur la table, les yeux étirés, ils rêvent ! Appuyés contre ce mur gluant, ces Arabes, à la faveur d'un pan d'ombre, ils rêvent ! Ces Portugais, au fond du bar, ayant invité les catins, ils rêvent ! Ce solitaire, qui roule du buste en descendant la petite ruelle nauséabonde, il rêve ! Ces Anglais ne rêvent pas. Ils sont dans une boutique à Anglais, ils en gardent la porte et, aux nègres qui osent s'arrêter pour regarder, ils font signe de filer. Les nègres ne filent pas. Rêveraient-ils aussi ? Pourquoi pas ? Ces cinq marins grecs qui se tiennent par le cou s'en vont lentement comme s'ils suivaient une procession. Ils ne se promènent pas, ils se remorquent. Où vont-ils ? Il est dix heures du soir. Ils vont jusqu'à minuit et n'en savent pas davantage. Place Gelu, ils s'assoient sur un banc, face au vieux port. Les voici qui se mettent à chanter leur mélopée orientale, ces étranges lamentations sans beaucoup de paroles, mais avec des cris traînards, haut perchés et prolongés. Ils ne savent faire à Marseille que ce qu'ils font dans leur village. Ils rêvent !

À quoi rêvent-ils ? On peut vous dire que c'est à leurs savanes, à leurs pampas, à leurs rizières, à leur oued, qu'est-ce que l'on risque ? Moi, je crois que c'est rien ! Ils rêvent par manque de domicile. C'est comme lorsqu'ils marchent, ils semblent tourner autour de quelque chose que les autres ne voient pas : ce quelque chose n'est que leur désœuvrement. Mais, pour des esprits sans calcul, c'est déjà rêver beaucoup que de rêver à rien !

Il y en a qui dansent. À force de tanguer, de rouler, peut-être ne peuvent-ils plus s'en passer. Ils dansent avec une conviction désarmante. Ils ne sont pas de quart, ce soir, ils se donnent tout entiers…

C'est le quartier de la décevante illusion. Ce qui hante les navigateurs, dans le vide matériel de leurs nuits et de leurs jours, prend corps ici : les crinières blondes, brunes et rousses, les gammes versicolores des boissons, les rengaines sentimentales hachées par les pianos à manivelle, les seins, tous les fantômes.

Bons nègres, bons jaunes, bon Blancs, vous voici dans ce quartier. Vous êtes les pauvres de la mer. Que celui qui ne connaît pas votre vie fasse le dégoûté. Un peu de musique, un peu de lumière, un peu d'alcool, un peu de chair, ce n'est que l'appoint d'un maigre salaire.

Ils errent dans ce cloaque. Ce sont des simples. Ils boivent, chantent, succombent avec innocence. Demain, ils seront en mer et paieront par une longue retraite l'excès naïf de cet unique soir.

Ah ! jouez ! pianos mécaniques et orgues de Barbarie, jouez donc !

XIV. Jeunes gens, allez voir le phare

Si j'avais été un inspecteur des travaux publics, je vous aurais montré des usines électriques puissantes comme la foudre, des châteaux d'eau géants, un escalier issu d'un contre féérique et qui fait penser que désormais les larges paquebots ne déposeront plus leurs passagers au port, mais les amèneront, grâce à une crémaillère, jusque sur la colline de la gare Saint-Charles…

Si j'avais été métreur, j'eusse mesuré à votre intention le port, les bassins, les canaux, les docks et le nez de tous les brasseurs d'affaires.

Si j'avais été un homme sérieux, je me serais rendu à la chambre de Commerce. Là, j'auraus prié son président de bien vouloir me faire copier par sa plus jolie dactylo les statistiques des dix dernières années et, sans pitié, je vous eusse administré ces chiffres recommandés pour la clarté des débats et les indigestions.

Si j'avais été homme de lettres, j'aurais essayé d'être… peintre ; je vous aurais décrit, pensant bien que cela n'avait encore jamais été fait, les pompes du soleil quand le soleil, pour se coucher, descend du pont transbordeur. Je vous aurais payé, parce que cela ne coûte pas cher, le funiculaire qui monte à Notre-Dame-de-la-Garde et, ensemble, nous eussions contemplé la grande ville « couchée à nos pieds ».

Je vous aurais conté, les larmes aux yeux, comment l'on venait d'abattre, pour faire place à un sale tramway, quatre-vingt-dix-sept des plus vieux platanes des allées de Meillan, et j'eusse profité de l'occasion pour envoyer au Conseil municipal une philippique de derrière les fagots, philippique qui, je crois, eût été d'autant plus inutile que les arbres étaient déjà par terre.

Si j'avais été un économiste distingué… alors, si j'avais été cet économiste-là, je vous aurais parlé du port de Caronte et du tunnel du Rove – sept kilomètres percé dans le roc, du tunnel du Rove qui relie la Méditerranée à l'étang de Berre et qui, faisant cela, relie Marseille au Rhône, c'est-à-dire à la Suisse, à l'Allemagne et, que sais-je ? au Danemark, peut-être ? Si bien que, tout en restant porte du Sud, Marseille est maintenant porte du Nord.

Si j'avais été un citoyen courageux, je vous aurais parlé de Marseille marseillais. Mais, devant m'embarquer prochainement, j'ai eu peur pour mes côtes. Je l'ai bien senti le jour où je n'ai compté que dix-huit maisons sur la Canebière. Il y en a dix-neuf et demie. Qu'il est difficile de se faire entendre !

Il s'agissait bien de tout cela !

Les États-Unis, l'Angleterre, l'Allemagne, l'Italie, le Japon, voyez leur effort ! Chaque année ils lancent de nouveaux courriers sur les mers. Certains de comprendre l'époque qui vient, ces pays sortent de chez eux.

Les enfants des écoles sont conduits dans les grands ports et confrontés avec l'horizon. Et chez nous ? Chez nous on ne veut connaître la mer que pour y prendre des bains. Nos compatriotes calmés ne cherchent pas des bateaux, sur un rivage, mais des casinos. L'hiver, on part pour la côte d'Azur. Mais qui s'arrête à Marseille ? Le plus beau port de France, cela n'intéresse personne. Parlez-nous d'aller suivre une partie de tennis sur un court de Cannes !

L'ignorance des Français sur les choses de la mer est considérable. Quand par hasard un romancier écrit sur le sujet, il doit expliquer tous les mots du vocabulaire marin. Le dernier des boys de Londres en sait davantage que nos jeunes gens diplômés.

Il est des personnes qui, depuis trente ans, on dépasse l'âge de raison et qui me demandent encore si les bateaux marchent la nuit. J'exagère ? Si peu ! Qu'un pays soit à dix jours de nos côtes, aussitôt plus personne ne sait si le pays est en Asie, en Afrique ou en Amérique. Donnons l'ordre à cent étudiants de partir sans délai pour les Grandes Comores, et nous en verrons cinquante aller prendre le train à la gare Montparnasse !

Sommes-nous donc une nation enfermée dans ses montagnes ?

La France a une vue magnifique sur tout le reste du monde. Mais nous regardons pousser nos betteraves !

L'Anglais se sent grand et marche comme s'il était l'envoyé spécial de Dieu sur la terre parce qu'il porte son regard au-delà de son île.

Au-delà de nos côtes, nous possédons le deuxième empire de la terre.

On ne s'en douterait pas !

De même que, chaque année, et sans que l'on sache pourquoi, une chanson populaire fait les beaux jours des trottoirs, de temps en temps une formule qui semble impérative court les villes de la France. La plus vieille est celle-ci : « Nous ne sommes pas assez nombreux pour nous disperser par le monde. »

Et les Anglais, combien sont-ils ?

Le peuple qui, désormais, vivra cloîtré entre ses frontières périra d'anémie.

La France choisira-t-elle l'heure où chaque nation qui compte joue de l'étrave sur les océans pour ramener ses voiles et replier ses tentes ?

Allez à Marseille. Marseille vous répondra.

Cette ville est une leçon. L'indifférence coupable des contemporains ne la désarme pas. Attentive, elle écoute la voix du vaste monde et, forte de son expérience, elle engage, en notre nom, la conversation avec la terre entière.

Un oriflamme claquant au vent sur l'infini de l'horizon, voilà Marseille.

Elle double son port d'un arrière-port. Ses Compagnies de navigation lancent chaque année des paquebots plus beaux que des châteaux.

Les autres grandes nations font cependant davantage. Aidons Marseille dans sa montée. Toute l'Italie est derrière Gênes pour le pousser. La France ne connaît de Marseille que Marius et le mistral…

Il est un phare à deux milles de la côte. Tous les soirs, on le voit qui balaye de sa lumière et la large et la rive. Ce phare est illustre dans le monde ; il s'appelle le Planier. Quelle que soit l'heure où vous le regardiez, dites-vous qu'à cet instant on parle de lui sur toutes les mers et sous toutes les constellations. Quand on n'en parle pas, on y pense.

Mais si le Planier ramène au pays, il préside aussi au départ.

Faites le voyage de Marseille, jeunes gens de France ; vous irez voir le phare. Il vous montrera un grand chemin que, sans doute, vous ne soupçonnez pas, et peut-être alors comprendrez-vous ?

- - -

FIN